LES FEUX DE YAMACHICHE

René Boulanger

LES FEUX DE YAMACHICHE

roman

ÉDITION DU CLUB QUÉBEC LOISIRS INC.

Dépôt légal — Bibliothèque nationale du Québec, 1998
ISBN 2-89430-320-3
(publié précédemment sous ISBN 2-89005-668-6)

Imprimé au Canada

à Geneviève

Détroit, mai 1759.

Détroit, porte de l'Ouest de l'Amérique, était une petite ville à la fois française et indienne, un peu comme Montréal. Une riche campagne l'entourait, toute en belle culture de blé et de maïs. Une cloche sonnait les vêpres et les matines, et un chœur de jeunes filles chantait le *Veni Creator* près des rives de la grande rivière.

Oui, Détroit était française, et plus encore que le Texas n'était espagnol ou que la Nouvelle-Amsterdam n'avait été hollandaise. On y venait de Nîmes, de Rouen, de La Rochelle, de Bordeaux, de Saint-Malo et même de Marseille. On y croyait encore à la virginité de Marie, Sainte Mère de Dieu et de l'Église, et la beauté régnait en ce monde.

Fortifiée, bien défendue, la ville abritait le commerce et l'esprit, les saints et les brigands. Elle comptait une église, des quartiers militaires, un arsenal, une redoute, un poste de traite, une mission des prêtres, une école, un magasin du Roi et des boutiques: celle du chirurgien barbier-perruquier, celle du maréchal-ferrant et même celle d'un drapier.

Mais la guerre sévissait et Détroit saignait abondamment du sang de ses habitants. Mille hommes du Ouisconsin, Français et Indiens, partaient à chaque printemps rejoindre les armées de l'est pour barrer la route aux troupes anglaises, et bientôt la ville s'emplissait de blessés. La Nouvelle-France était assiégée de toutes parts. Restait pourtant intacte la grande alliance avec les nations indiennes et les routes vers Québec et la Louisiane se maintenaient ouvertes à coups de canon, de mousquet et d'épée. Devant l'ennemi commun, Indiens et Français ne formaient plus qu'une seule nation qui se battait contre l'envahisseur mortel, le mauvais blanc, «l'English». C'était la guerre de Sept Ans que les Américains appellent *The Franco-Indian War*.

Dans les pires moments, les hommes recherchent la fête, le rire, la joie. Et Détroit, ville de militaires et d'Indiens, marseillaise dans l'âme, méridionale malgré le froid, vertueuse dans le plaisir, ville de sauvagesses affranchies et de marchands de vins, Détroit courait d'autres dangers tout aussi grands que la guerre: l'ivrognerie et la débauche.

À quelque distance du fort, un solide Gascon tenait auberge. Soldats, trafiquants et hommes des bois venaient y chanter, pleurer, mais surtout boire. Des femmes, pour la plupart des Indiennes, vêtues moitié à l'européenne, y cherchaient l'amour et la bonne compagnie. Traînaient, parmi cette bande, des représentants de nombre de nations anciennes: Hurons, Illinois, Folles-Avoines, Outaouais, Gardiens-du-feu, Saulteux, Pouétamis, Ouinebagos.

Tous chantaient joyeusement, ivres et criards. On payait en pelleteries ou en monnaie de cartes à jouer, sorte de billets garantis par le gouverneur. Car le numéraire se faisait rare. Parfois on ne payait pas, mais l'on contait une histoire. Le Gascon aimait les contes, surtout ceux des géants. Les Indiennes avaient appris ceux des *Mille et Une Nuits*, et le mystère des pirates turcs et les sultanes de légende devenaient monnaie d'échange au même titre que la piastre espagnole. Et ce, jusqu'aux confins de l'Amérique. La fusion de deux mondes en faisait naître un nouveau.

En ce jour de mai, quelques rayons de soleil pénétraient dans la grande pièce qu'encombraient des pelisses, du maïs et des gerbes de tabac suspendues au plafond. L'aubergiste, sévère et méfiant, examinait des pelleteries qu'un chasseur illinois souhaitait lui échanger pour de l'eau-de-vie. Des Indiennes fumaient la pipe et buvaient du rhum. Elles pressaient un convive de chanter. C'était un prêtre des missions étrangères, égayé par le vin, et qui avait de la difficulté à défendre une soutane que de jolies mains voulaient détacher.

— Chante, Joachim, chante, lançaient les jeunes squaws.

Homme aux longs cheveux, d'une beauté délicate, musclé, au visage épilé à la manière indienne, mais les traits fatigués par une vie dure et surtout désordonnée, Joachim de Margerie prenait les femmes sur ses genoux et les embrassait. Il se leva pour quêter de l'eau-de-vie.

— Petites chattes sauvages, je vais vous contenter, mais avant il faut préparer l'organe. Ma voix est trop sèche.

Le prêtre allait d'une table à l'autre, bénissait ceux qui lui versaient à boire. Les soldats, goguenards, se moquaient de lui. Il répondait par des éclats de rires. Ivre, il tournait sur lui-même, un verre à la main. Les femmes continuaient de réclamer:

— Chante, Joachim, chante!

Joachim monta sur une table en titubant et entonna d'une voix mélodieuse une vieille chanson à boire. Une des Indiennes, une mère de clan, se mit à fredonner une mélopée entrecoupée d'hymnes religieux. Ces chants emmêlés créaient un curieux canon où Dieu buvait et le Diable priait la Vierge Marie.

Étrange prêtre, pour sûr. Ressemblant aux couplets qu'il chantait. Pourtant, en ces lieux, nul n'avait accompli plus d'exploits d'homme. Combien de fois n'avait-il franchi la Dalle-des-morts sur le fleuve Colorado? Aucun Blanc n'avait jamais marché où ses pas le portaient. Ni même aucun Indien, car il franchissait parfois le seuil de l'autre monde pour en ramener des trépassés.

Huit chants en huit langues différentes racontaient ses combats contre un esprit qui le poursuivait sous la forme d'un loup. Un loup rouge à la gueule de feu.

Pourtant, Joachim n'était pas craint, mais aimé. Trop peut-être! Maintenant qu'il était saoul, il acceptait les gestes familiers. Comme les étudiants de Paris, il récitait la messe des buveurs, s'esclaffant entre chaque couplet.

Les cloches de l'église sonnaient sous les pierres que lançaient des gamins. Adossée au mur extérieur de l'auberge, une vieille dame très digne taillait du tabac pour pétuner à son goût. Elle bourra sa pipe distraitement en regardant vers le rivage. Puis elle battit un briquet, alluma l'herbe sainte et s'approcha du missionnaire qui venait à l'auberge. Le père La Bruguière, un homme de haut rang, portait l'habit des chanoines. Son visage était austère, brûlé par le soleil et le vent. L'Indienne n'aimait pas ce corbeau, mais elle s'avança et lui coupa la route afin de toucher à l'enfant métis qui l'accompagnait.

— Alexis, l'enfant du ciel! Haron Hyaie! dit la vieille huronne, Haron Hyaie!

— Tu le connais ce garçon? demanda le père La Bruguière.

La vieille Indienne prêta sa pipe à l'enfant qui en tira quelques bouffées.

— Ah oui, c'est un Gardien-du-feu, peut-être le dernier de la grande nation sacrée. Comme il a changé! C'est un homme maintenant. Il est la descendance de...

— Tais-toi!

Pour ne pas entendre, La Bruguière s'éloigna avec l'enfant. Avant d'entrer dans l'auberge, il se retourna vers l'Indienne et dit, d'une voix furieuse:

— Tu ne le connais pas! Personne ne le connaît!

Le chanoine disparut à l'intérieur. Entre deux bouffées de tabac, la vieille lui répondit quand même.

— Tout le monde le connaît.

Le chanoine et l'enfant s'assirent dans le coin le plus obscur. La chanteuse, la première, reconnut Alexis Boisvert, s'émerveillant devant son beau visage. Elle tut son cantique à la gloire des morts et des esprits, laissant Joachim chanter seul. La Bruguière observait l'autre missionnaire avec un certain dégoût.

L'aubergiste, qui déposait une bouteille sur la table des militaires, toisa La Bruguière d'un air intrigué. Joachim ne se rendait toujours pas compte de la présence du chanoine. Interrompant son ode à Bacchus, il se versa à boire, invectiva ses amis et les aspergea de vin avec son goupillon.

— Mauvais garçons, vous refusez ma bénédiction!

Les autres réagirent en le bousculant. On fit un cercle autour de lui et on se l'envoya comme un ballon. Joachim s'en amusait, les soldats riaient. C'en était trop! Le chanoine se leva, scandalisé, et sa colère se déchaîna. Il cria:

— Arrêtez! Vous riez d'un prêtre? Vous ne respectez plus la sainte robe de Dieu? Vous irez en enfer! Joachim de Margerie, je vais vous maudire! Vous serez tous maudits!

Les foudres du ciel tombèrent comme des glaives ensanglantés dans les esprits apeurés de ces pauvres et simples âmes. À cet instant, s'enflamma un porcelet mis à la broche. La fumée envahit les lieux, comme crachée d'un volcan. L'aubergiste arrosa le rôti qui n'en brûla que davantage. Le feu débordait de l'âtre dans un sifflement lugubre et proprement terrifiant. En furie, La Bruguière s'empara d'un tisonnier et martela les tables, tout ce qui se présentait devant lui.

— Lucifer, viens les prendre! Ils sont à toi.

Les femmes exhibaient leurs croix pour se protéger. Un Sioux, qui dormait par terre, ouvrit un œil et se recroquevilla pour protéger une bouteille menacée par les mouvements des convives pris de panique. Comme si des guêpes attaquaient de tous côtés, les gens se bousculaient et sortaient à la débandade. Un homme tomba à la renverse et vit des diablotins se sauver par des trous de souris. Il cria: «C'est rempli de diables icitt!»

Un autre gaillard cria aussi: «Y est malin comme le diable. Y va nous damner!»

Pendant que la plupart s'enfuyaient, le Sioux choisit de vider les gobelets laissés sur les tables. Le silence revenait. L'air incrédule, Joachim s'approcha lentement de La Bruguière, le serra dans ses bras, pleura de joie, ignorant le courroux dont il était l'objet.

— La Bruguière, mon ami, mon ami!... Il y a si longtemps.

Joachim joignit les mains et les secoua vers le ciel. Il sautait, il dansait. Il embrassa le Sioux puis appela l'aubergiste.

— Le Gascon! Du vin! Le meilleur! Mon ami est ici! Mon grand ami! C'est un homme du chapitre! Un chanoine!

— Un chanoine? dit le Gascon. Bon Dieu de bon Dieu du diable de Christ!

Hors de lui, La Bruguière leva la main comme pour maudire. Il avait l'air diabolique. Sortirent alors tous ceux qui restaient. Même le Sioux qui comprenait qu'il était en lieu vilain. Joachim tournait de gauche à droite, bousculé par les derniers commensaux qui l'abandonnaient. Déboussolé, il s'agrippa à La Bruguière. Ce fut alors qu'il remarqua Alexis qui s'avançait vers lui.

— Ce visage! dit Joachim qui trouvait quelque chose de familier dans les traits de l'enfant.

— Malheureux, misérable! Vous ne le reconnaissez pas? C'est votre fils.

— Mon fils?

— Oui, votre fils. Votre fils, m'entendez-vous? Vous ne le reconnaissez pas? C'est vous-même qui l'avez baptisé!

Soudain accablé, Joachim s'assit, regarda l'enfant. Il se prit la tête à deux mains.

— Alexis!

— Je vous l'ai amené parce que sa mère est morte... morte de faim... depuis que vous l'avez abandonnée, votre fidèle servante indienne. Vous aviez honte de ce fils, vous vouliez l'oublier; et maintenant tout le monde le connaît jusqu'au Missouri parce qu'il erre partout sans attache, mendiant sa pitance.

Atterré par la nouvelle, Joachim se mit à trembler. Des larmes mouillèrent son visage. L'ivresse se changeait en détresse. Joachim sentait mille poignards lui traverser le cœur. Il avait mal comme sous la brûlure du feu.

— Elle est morte?... de faim?

— Elle s'est laissée dépérir, la malheureuse... à cause de vous!

Joachim s'essuya les yeux. Il prit l'enfant dans ses bras, lui embrassa le front. Accablé, il laissait l'esprit de la mort s'insérer en lui.

— Comme j'ai péché!

— Joachim! C'est l'évêque qui m'envoie. Pareille incartade est arrivée à d'autres que vous. Mais on ne peut plus le tolérer. Surtout en temps de guerre! La confession ne suffit plus. Il faut une profonde contrition.

— On riait d'elle et de son enfant. On les persécutait. On l'appelait la faiseuse de bâtards. C'est pour ça qu'elle est partie. Parce que je l'ai mal défendue. Elle était femme de bien et d'honneur! J'ai causé son malheur, parce que trop faible. Je n'ai commis que des fautes! Elle est morte! Je ne voulais pas... C'est vrai... je l'aimais!...

La Bruguière soupira. Il ressentait de la pitié pour ce pauvre égaré. Il dit:

— Pourtant vous avez été notre meilleur missionnaire, vous avez converti des peuples entiers. Que vous est-il arrivé?

— J'ai trop réussi. J'ai attiré tous les diables vers moi. Ils ont assailli mon âme.

Joachim se frappa la poitrine et lança un cri de terreur! Il s'effondra, inconscient. L'aubergiste et des amis accoururent, prêts à le défendre.

— Regardez ce que vous avez fait! dit le Gascon. C'est votre faute!

La Bruguière retrouva son air courroucé, mais n'eut pas à s'imposer. Joachim revenait doucement à lui. Inquiet, le Supérieur voulut le relever. Joachim tremblait de peur.

— Qu'avez-vous Joachim? demanda La Bruguière. Qu'avez-vous?

— J'ai vu l'enfer!

Tous reculèrent et se signèrent, y compris le chanoine La Bruguière. Seul le fils osait s'approcher. La Bruguière surmonta son effroi et se pencha vers Joachim.

— Vous blasphémez, Joachim! Seuls les grands saints peuvent voir l'enfer.

Joachim cria:

— Non, j'ai entendu les mouches infernales. Elles voulaient m'arracher les yeux, elles bourdonnaient comme des monstres à mes oreilles. J'ai traversé les cinq fleuves souterrains et les bateliers criaient avec les Furies: «Joachim! Joachim!»

De plus en plus égaré, Joachim pleurait en répétant tout bas son nom. La Bruguière, encore un peu effrayé, le prit dans ses bras.

— Misérable! Vous êtes le plus misérable de mes prêtres. Et pourtant, Dieu se penche sur vous. C'est un miracle, Joachim. Dieu vous demande d'être saint. Soyez saint, Joachim. Le serez-vous?

Joachim frissonna. La sueur perlait sur son front.

— Saint? Moi?

— Oui, je sais, votre âme est profondément troublée! Mais je vais vous aider... Écoutez, Joachim, vous allez quitter le pays sauvage. Je vous envoie en terre chrétienne, sur les bords du Saint-Laurent, à Sainte-Anne-de-Yamachiche. Vous y emmènerez votre fils et l'offrirez à Dieu... Vous l'élèverez dans le saint respect des Évangiles. Vous le prendrez comme servant et réparerez par vos bons soins et votre constante affection la faute commise envers sa mère... Si Dieu vous prend en pitié, cette sainte paroisse vous aidera à retrouver la piété.

— Dieu...

L'aubergiste l'avait bien entendu: «Dieu.» C'était un mot que Joachim ne prononçait jamais depuis qu'il avait cessé de dire la messe, deux ans plus tôt. Joachim répéta: «Dieu.»

Dieu, mais que voulait donc Dieu? Le damner? L'éprouver? Joachim ressentait en son cœur un tourment. Un mal l'habitait, une sorte d'angoisse qui lui arrachait certains jours des cris de douleur. La Bruguière avait vu juste, il devait quitter les missions. Comment pouvait-il être prêtre? Il n'était même plus un homme!

La Bruguière croyait qu'à Yamachiche, vieille paroisse des débuts de la colonie, Joachim ne serait plus seul face au monde païen. Sis entre Montréal et Québec, au cœur de l'évêché, ce village exemplaire fournirait à Joachim un cadre tranquille où reposer son esprit fatigué sous l'œil attentif des autorités ecclésiastiques toutes proches. Peut-être aurait-il mieux valu l'envoyer en France? Le reléguer dans un monastère? L'évêque y avait songé. Mais pouvait-il faire cela à son meilleur missionnaire?

Comme s'il escortait un malade, La Bruguière soutint Joachim à bras-le-corps. Ils sortirent de l'auberge et se dirigèrent vers l'église de Détroit. Sur leur passage, les gens murmuraient, les soldats rechignaient, les femmes soupiraient et les corbeaux s'envolaient pour porter la nouvelle aux sachems et aux sagamos. Leur frère venait d'être vaincu! Pour les Indiens, Joachim procédait du Manitou, et La Bruguière, son contraire, accomplissait l'œuvre du malin, le Manimanitou.

Car, Joachim, brisé, venait de perdre la joie de vivre, tous le voyaient bien. Ce fils qui le suivait et l'accablait du poids de la mort! Qui pouvait savoir si ce n'était pas le Manimanitou lui-même qui avait fait mourir la mère d'Alexis? Ce diable avait à se venger de Joachim qui avait osé le défier face à face dans la plaine et dans le ciel, sur la terre et dans les songes, dans les cabanes et les forêts, dans la pensée des Indiens et des Français!

En voyant Joachim passer devant elle, la vieille commère lui souffla au visage un peu de fumée de tabac. Elle se demandait pourquoi un homme si redoutable se laissait conduire comme un enfant? «Où est ton âme, Joachim?» se dit-elle.

Son âme n'était plus en lui. Elle s'était trouvée un refuge contre la douleur. Mais où était-elle? Aux portes de l'enfer ou sur les premières marches du ciel? En tout cas, les yeux des corbeaux le suivaient et les esprits des forêts protégeaient Joachim de son Dieu, celui qu'il avait tant de peine à nommer tellement Il l'avait fait souffrir.

Elle se dit encore: «Toi, Alexis, son fils... sois un fils! Tu sais bien que ton père fut toujours bon.»

Et c'était Vérité qu'elle soufflait sur Joachim dans un nuage de fumée magique. N'était-ce pas cet autre prêtre qui l'accompagnait qui avait causé la séparation d'avec sa servante? Une lettre qu'il avait écrite. Une enquête qu'il avait commandée. Sans le savoir, La Bruguière n'avait-il pas déclenché lui-même le fatal mécanisme de la mort? Les émissaires qu'il avait envoyés, les remontrances, sa visite annoncée, toutes ces actions n'étaient-elles pas les causes d'une misère, celle d'Alexis et de sa mère se sauvant du logis pour éviter l'accablement du bon missionnaire?

En sentant l'odeur de l'herbe sacrée, mélange de tabac et de saccacomi, Joachim se retourna vers la Huronne, la regardant droit dans les yeux. Celle qu'on appelait «l'Hirondelle noire» se prétendait habitée par une déesse dont elle n'était que l'apparence humaine. Comme s'il devinait les pensées de cette femme, Joachim lui demanda:

— Dis-moi, qui a converti l'autre, toi ou moi?

— Ce n'est pas moi, répondit-elle, sinon je te verrais dressé comme le lion des montagnes prêt à arracher le cœur de ton ennemi.

— Alors dis-moi, qui est mon ennemi?

La Bruguière s'interposa:

— Ton ennemi, c'est toi-même! Viens, dépêche-toi, il te faut partir au plus tôt.

Après avoir abordé au fort Niagara sur un rabaska, ce grand canot de voyageurs, Joachim et son fils prirent un navire à fond plat qui les mènerait à Lachine dans le gouvernement de Montréal. Ils voyagèrent un mois, s'arrêtant à diverses missions, évitant les postes et les auberges.

Au moins une fois, ils rencontrèrent le péril. Une salve de canons bien placée qui démâta leur goélette. Les Anglais tenant le sud du lac Ontario, cette mer intérieure était soumise aux courses de l'ennemi. Au fort Frontenac, Joachim avait pu apercevoir les restes de la marine du lac; les navires avaient brûlé en rade. Le poste au complet avait été réduit en cendre. On s'occupait à le reconstruire, de même qu'à gréer une nouvelle corvette.

Aussi funeste fût-elle, cette guerre avait du bon pour Joachim. Ainsi, en cours de route, les besoins spirituels d'un mourant le ramenèrent à la conscience de son rôle sacré. Sur le lac Érié, Joachim et Alexis voyageaient dans une grande barque. Des blessés occupaient la plus grande place dans l'embarcation. L'un d'eux crachait du sang et soudain vomit à grands jets rouge noirâtre. Le chef des voyageurs fit arrêter les rameurs. Il s'adressa à Joachim: «Il faudrait l'oindre mon père, il va trépasser.»

Joachim y consentit, mais il ne se souvenait plus très bien du rituel.

Puis le soldat mourut. Tous se signèrent. Alors les gens d'armes entendirent le tambour de guerre et virent le ciel noir de nuages s'ouvrir aux rayons du soleil comme si l'âme lumineuse du défunt montait au paradis. Impressionnés, les hommes vinrent toucher Joachim et firent bénir leurs fusils.

Alexis dit à son père:

— Tu es un Gardien-du-feu, toi aussi.

Puis aux autres:

— C'est un saint, il a vu l'enfer.

Joachim ne comprenait pas que cet enfant ne l'accablât de reproches. Il aurait dû le haïr, lui cracher au visage. Au contraire, il en faisait un gardien du feu comme sa mère et son grand-père. Par son pardon, Alexis, au cœur simple, lui apportait celui de Dieu. Joachim ne s'en trouvait que plus misérable.

Durant quelques jours, Joachim retrouva la paix intérieure. Tant qu'on n'arriverait pas à Montréal, il pouvait se croire sauvé. Mais ils abordaient Lachine maintenant, à quelques lieues de la ville. À cause des rapides que formait le fleuve à cet endroit, il fallait continuer par la terre. Des hospitalières prirent en charge les blessés pour les mener à l'Hôtel-Dieu de Montréal. Joachim, lui, hésitait à affronter la cité. Il s'était arrêté dans une ferme tenue par des religieuses de Notre-Dame comme s'il voulait apprivoiser sa rencontre avec un monde périlleux.

Après des journées de prières, il se décida à passer les portes de Montréal.

La ville souffrait moins que celles situées aux frontières. Entre Québec assiégée et l'Ohio investi, elle devenait le grenier et la redoute du pays. En franchissant ses murailles de pierres, Joachim retrouvait le calme d'un passé moins malheureux. Sur la place du marché, il revoyait des visages de jeunes femmes qui lui avaient souri autrefois, qui lui souriaient encore maintenant. Mais il ne répondit plus à ces politesses exquises. Il marcha le long de la rue Saint-Paul, suivi d'Alexis qui se croyait à Paris.

— Paris, c'est beaucoup plus loin! lui dit Joachim. Il faut franchir le vaste océan. Là-bas, il n'y a pas d'Indiens.

Montréal était la plus grande ville qu'Alexis ait jamais vue. Il ne pouvait croire que Paris était cinquante fois plus populeuse. La France était donc un énorme royaume.

Joachim traversa la ville en évitant le port et les maisons de vin à la porte couronnée du laurier. Il monta jusqu'à une première terrasse, celle du séminaire des Sulpiciens, les seigneurs de l'île. Il irait y dormir. Pour y parvenir, il devait passer devant une demeure où habitait une très belle amie qui recevait autrefois. Il s'arrêta devant sa porte, l'air hésitant. Il remonta la rue, revint sur ses pas. Plutôt intrigué, Alexis suivait de bonne grâce. Joachim guettait une réaction chez son fils. Depuis leur départ, Alexis n'avait pas fait d'allusion aux actions passées de son père! Qu'allait-il dire au moment où Joachim semblait vouloir retomber dans ses erreurs? Rien. Le garçon attendait avec curiosité de voir qui habitait cette riche demeure. Il n'en voulait guère à Joachim. Il était même heureux d'être avec lui, aimait sa compagnie. Il ne philosophait point sur la mort de sa mère. Elle avait sûrement prévenu son fils contre la haine, car Joachim sentait, à travers le regard de cet enfant, l'amour de son ancienne servante. Et cela le dérangeait. Cette innocence le culpabilisait plus que mille invectives. Il n'oserait jamais frapper à cette porte en présence d'Alexis. Ah! La Bruguière avait bien forgé sa cage! Le tourment intérieur renaissait. La peste, que ce La Bruguière! Était-ce lui qui souffrait? Était-ce lui qui avait perdu son aimée? Était-ce lui qui avait besoin du réconfort d'une amie douce et compréhensive?

Agrippant ses bagages, Joachim quitta le trottoir de bois et fit un pas en direction de la maison. Au même moment, devant Québec, l'armée et la marine britannique venaient de compléter les dispositifs de leur formidable siège maritime. À l'instant où le millième boulet tombait sur la capitale de la Nouvelle-France, Joachim frappait à la porte de la jeune dame. Au moment où le battant résonnait, un général de brigade arriva sur les lieux.

— Joachim de Margerie!

— Général Lévis!

Les deux hommes s'étaient connus en Europe sur des champs de bataille. Et ailleurs... Ils avaient fréquenté les mêmes salons, partagé les mêmes femmes, couru les mêmes cotillons. Et pourtant, c'était la première fois aujourd'hui qu'ils s'adressaient la parole.

La porte s'ouvrit. Une religieuse apparut dans l'embrasure. Elle informa les deux hommes que la belle avait pris le voile et donné son logis pour les pauvres. Des réfugiés d'Acadie l'habitaient à présent. Persécutés par la soldatesque britannique, dépouillés de leurs biens, chassés de leur pays, les trois quarts étaient morts de maladie en arrivant ici. Ceux qui restaient étaient tellement souffreteux qu'on ne leur donnait pas long à vivre. Depuis la chute de Louisbourg, il en venait davantage. On ne savait pas comment ils avaient réussi à parvenir jusqu'ici.

Mais la dame, la belle, était-elle ici, au milieu d'eux? Était-elle bien portante, en santé et les joues rouges? Car après tout, c'était ce qui comptait. Non, elle était devenue recluse perpétuelle. Même son père ne pourrait jamais la revoir.

Les deux hommes ressentaient le même dépit.

— Puisque vous êtes prêtre, dit Lévis, cela est plus votre affaire que la mienne. Je vous rends les armes.

— Je ne devais pas venir ici, monsieur. Dieu, en me punissant, vous a puni aussi. Je vous dois donc quelque chose. Que choisissez-vous? Une prière ou une chope de bière?

Le général choisit la prière.

Plutôt que d'aller fêter chez le gouverneur, où le général était attendu, les deux hommes et l'enfant passèrent la nuit à veiller les blessés de guerre à l'Hôtel-Dieu. Pendant que les officiers renouaient avec la bonne société de Montréal, le général et le prêtre mettaient en commun leurs suppliques à Dieu. Ayant partagé la même femme, ils partageaient maintenant leur dévotion et leurs réconforts aux soldats.

Depuis qu'il avait quitté Détroit, Joachim remarquait l'ampleur que prenait la guerre. Toutes les activités humaines étaient tournées vers ce but. Et même si Montréal était la ville la moins exposée, il s'y déployait une intense activité militaire.

Le général Lévis n'eut pas assez de toute la nuit pour faire part de ses appréhensions. Il confia à Joachim l'inquiétude que lui causait la responsabilité d'un commandement. Si la Nouvelle-France tombait, ce serait la fin d'une merveilleuse civilisation.

À cinq heures du matin, devant l'église dédiée à Notre-Dame, les deux hommes concluaient un entretien d'une grande vision stratégique. Alexis les écoutait comme un fin politique, et c'est en cela peut-être qu'il était le plus Indien. Depuis son jeune âge, il était habitué à soupeser ces questions qui se discutaient souvent autour du feu du conseil.

Le général savait bien exposer, comme le sachem le plus respecté. Alexis croyait entendre Pontiac, le puissant tribun de la nation des Outaouais.

Au dire de Lévis, les colonies anglaises avaient, au fur et à mesure de leur développement, refoulé l'Indien vers l'ouest. Elles occupaient le territoire de façon continue, achetant aux tribus leurs terres ou les accaparant par les petites guerres qu'elles faisaient à chaque nation indienne séparément. Les Français, au contraire, s'étaient installés parmi l'Indien, vivaient avec lui. La France avait développé une politique d'alliance. En 1701, par le travail de sa diplomatie, la grande paix universelle s'était instaurée parmi les nations indiennes. Les tribus ne se faisaient plus la guerre entre elles. Un cadre politique les unissait contre l'empiétement anglo-saxon: la marée anglaise avait été endiguée, sa marche vers l'ouest s'était soudain arrêtée. L'alliance franco-indienne si elle grandissait encore allait former sur l'axe du Mississippi une puissante nation métisse qui étoufferait les colonies anglaises.

C'était pourquoi, du point de vue anglais, la guerre outrepasserait désormais la querelle de territoire. Il fallait briser la Nouvelle-France, la décapiter, l'envahir et la soumettre. Dans l'Acadie, qu'ils avaient conquise en premier, leur politique avait été de la vider complètement de sa population française. Si Québec tombait, si leur stratégie triomphait, ce serait la continuation des massacres indiens sur une grande échelle et la mise à mort de la civilisation métisse franco-américaine.

Cette guerre faisait donc appel, de part et d'autre, à l'énergie du désespoir, mais les colonies anglaises avaient l'avantage du nombre et le soutien de la formidable flotte britannique. Du côté français, on pouvait compter sur les alliances indiennes, la connaissance du continent et une milice habituée à la guerre, aux longues courses en forêt, aux hivers durs et aux voyages lointains. De plus, la Nouvelle-France était une société modelée par la vie militaire. Mais à l'heure d'un si grand péril, les traditions, l'unité des peuples et même le courage ne suffisaient pas. Il manquait le secours de la France puisque l'Angleterre s'était si formidablement engagée dans cette guerre. Or la France avait vu sa marine détruite.

Ce point étant énoncé, le général ne trouvait plus rien à ajouter. Attendait-il un réconfort céleste? Une parole de Dieu? Joachim ne trouvait plus non plus le point d'arrivée de cette conversation. Alexis était habitué à ce silence que les Indiens introduisaient dans leur conseil. Il pouvait durer de longues minutes jusqu'à ce que la force de la pensée écarte tous les obstacles comme la crue d'une rivière arrache avec force les embâcles les plus résistants.

Joachim finit par dire:

— Mais ici, en Amérique, nous les avons toujours battus!

— Oui, cela est vrai. Ils ont toujours été battus.

Et c'était bien ce qu'Alexis avait entendu dire depuis son enfance. Les anciens rappelaient qu'Onontio, le chef de la Nouvelle-France, avait toujours triomphé des Anglais.

Avec son corps d'armée, le général Lévis partit par la route pour renforcer les troupes de Montcalm qui défendaient Québec.

Dans le port de Montréal, une petite flottille restait au mouillage, car, en raison du blocus anglais, aucun navire ne descendait le fleuve vers Québec. Après une courtoise visite au séminaire, Joachim cherchait embarquement. On pouvait encore rejoindre Trois-Rivières et donc Yamachiche qui était en deçà de ce chef-lieu. Mais tous les rameurs étaient requis pour l'armée, de même que les bateliers. S'il ne trouvait pas non plus de canot, il devrait se résoudre à un voyage à pied puisque, à cause de la disette, les chevaux des calèches avaient fini sur les étals des bouchers.

En parcourant les quais, Alexis et Joachim rencontrèrent des Indiens des pays d'en haut. Ils étaient venus d'aussi loin que Chicago pour participer à la grande bataille. Parmi eux des Miamis et des Illinois s'extasiaient devant la beauté de la ville. Plus que par ses églises, ses couvents ou ses auberges, Montréal les impressionnait par ses murailles. Si Québec était ainsi construite, elle était à leurs yeux imprenable.

Alexis les écoutait parler, surpris de voir ensemble des Agniers et des Outaouais qu'on lui avait toujours présentés comme des ennemis traditionnels. Mais autour de Joachim, ils ne formaient qu'un seul groupe d'amis.

Un vieil homme, marin de son métier, vint quérir Joachim, au milieu de cette foule de joyeux voyageurs. Les prêtres du séminaire lui avaient ordonné d'emmener Joachim avec lui. Car, à ce qu'il semblait, Joachim n'avait pas le droit de demeurer à Montréal plus de deux jours.

Joachim n'était guère pressé de partir. Il voulait d'abord confesser une certaine recluse qui avait fait le vœu de rester enfermée jusqu'à la fin de la guerre, à l'exemple de Jeanne Le Ber qui avait jadis sauvé la Nouvelle-France par ses prières.

— On part tout de suite! rétorqua le marin.

— Mais vous n'avez pas de rameurs!

— Ma barque est légère, je fais tout à la voile.

— Mais pour revenir, remonter contre le courant?

— Par bon vent, c'est faisable, mais par gros vent contraire, je tire la barque avec un câble, en longeant la rive! Mais ça, c'est point vot'affaire.

Encouragé par ses nouveaux amis, Joachim se persuada d'attendre encore. Il voulait faire connaître à ces guerriers les bonnes maisons où ils seraient reçus avec les égards dus à des princes ou à des hommes libres. Il allait quitter le port, mais le marin lui fit remarquer, à quelques pas de distance, le lieutenant de Justice et deux archers de la maréchaussée qui avaient pour mission de veiller à son départ. À moins de devenir lui-même un reclus, Joachim ne devait point surseoir.

— Alexis, dit Joachim, crois-tu que je doive me laisser traiter ainsi?

Alexis fit signe que oui! Peut-être ne lui avait-il pas tout pardonné?

Ils voyagèrent à peine deux jours dans la petite barque à voile pilotée par le vieux navigateur. Au fur et à mesure qu'ils s'éloignaient de Montréal, les bestiaux mis à parquer dans les îles du fleuve se faisaient de plus en plus rares jusqu'à disparaître presque complètement. Ne restaient que les bœufs de labour. Pourtant on était dans le cœur du pays. Des femmes et des enfants s'affairaient à mettre les champs en culture. Selon la coutume, ils saluaient avec humour les nautoniers qui naviguaient le long de la côte. Alexis et Joachim leur répondaient avec autant d'esprit de répartie. Le capitaine, lui, n'avait pas le cœur à rire.

Puis à travers les îles de Sorel, ils débouchèrent sur le lac Saint-Pierre, un élargissement du fleuve Saint-Laurent. Ils accostèrent sur la rive nord.

Le vieux marin dit:

— Faut que je vous débarque icitt. Ça bataille là-bas, en aval. Y en a toujours un verrat d'Anglois qui nargue nos batteries. Pour ça, y a pus d'bateaux qui passent icitt pour rien. Si j'étois seul, j'irais hardiment mais j'peux pas vous garantir la sauveté de vie... Ah, parce qu'une balle ça pârce vite...

Il montra son cou, sa poitrine et ses bras couverts de cicatrices.

— Par la route, c'est sans péril. Pardonnez l'affront, mais pour les prêtres et les femmes, c'est mieux la terre.

Le vieillard tira la barque aussi près qu'il put de la berge et descendit les bagages. Joachim et Alexis gagnèrent la rive en mouillant leurs habits. Le marin indiqua un chemin sinueux qui longeait le fleuve:

— Vous êtes sur le chemin du Roi. Yamachiche, c'est par là, en gagnant Québec.

Au loin, on entendait des bruits de canonnade comme portés en écho par les eaux. Le marin devint tout à coup songeur.

— J'avais cinq garçons. La guerre me les a pris tous les cinq en même temps, le même jour...

— Cette guerre est bien cruelle! répondit Joachim.

— Écoutez, j'en ai faitt des guerres. Mais c't'elle-là.

Le vieillard les aida à se charger, puis leur serra la main. Joachim le bénit et partit à pied. L'homme reprit sa navigation, triste comme un vent d'automne. Il mit le cap plein large. Joachim le salua à deux ou trois reprises. Méditatif, il dit à Alexis:

— La Grande-Bretagne, retiens ce nom! C'est contre cette puissance qu'on se bat, Alexis. C'est notre ennemie!

— Quoi, c'est pas l'Angleterre?

— C'est la même chose! Peu importe son nom, dis-toi qu'elle est la mort des peuples indiens, et notre mort à nous aussi. Il faut que tu la connaisses sous tous ses noms et visages, Alexis.

— Oui, je sais. C'est la nation anglaise, la dévoreuse de peuples.

Lorsque Joachim s'arrêta un moment pour fouiller dans ses bagages, Alexis se creusa la tête pour comprendre l'Angleterre. Il savait seulement que ses soldats s'habillaient en rouge sur tous les continents. Comme ceux que Joachim avait combattus, quand il était plus jeune.

Joachim trouva une soutane d'enfant de chœur qu'il donna à son fils. Toute noire, elle était défraîchie comme si elle avait été portée trop longtemps. Alexis demanda:

— Pourquoi il faut que je remette ça? Tu voulais plus.

— Avant, ils t'appelaient le bâtard du curé et j'avais honte! Comme je ferai une bonne vie, ils t'appelleront le digne escholier.

Alexis mit la soutane sans rechigner. Chargés de leurs bagages, le père et le fils marchèrent côte à côte. Alexis s'interrogeait tout bas. «Le digne escholier», qu'est-ce que ça pouvait bien vouloir dire?

Yamachiche dépendait du gouvernement de Trois-Rivières qui faisait des efforts considérables pour approvisionner Québec, maintenir ses milices en armes et prévenir les incursions de la marine et de l'armée anglaises réunies devant la ville-forteresse.

La terre de Yamachiche se révélait grasse et argileuse jusqu'à des profondeurs miraculeuses. Plus verte que la Normandie, soumise aux crues des deux rivières qui y déposaient leur limon au printemps, cette région était le grenier de Trois-Rivières, tellement l'épi y poussait beau et fourni.

Mais en ce début d'été 1759, le grenier était vide à la fois de son blé et de ses hommes.

Les besoins de la guerre étaient si grands et désespérants que même les plus vieux n'étaient plus sûrs que, cette fois, on arriverait à battre l'Anglais comme on faisait toujours, selon leurs dires.

Le seul moyen de battre une si formidable armée, dont le nombre de soldats équivalait au total des hommes du pays, était de lui opposer la totalité du peuple en armes. Aussi, tous les hommes étaient-ils partis. Autant ceux de seize et de cinquante ans que ceux de quatorze et de septante. L'habileté qui en faisait les meilleurs tireurs au monde compensait entièrement le défaut d'âge.

C'est vers ce village sans hommes que Joachim se dirigeait. En l'y envoyant, La Bruguière savait-il qu'il n'y aurait là que des femmes? Certaines, si belles disait-on qu'elles auraient pu paraître à la cour de Louis XV? Comme Anne de Yamachiche Lesieur Desaulniers, jeune seigneuresse d'une beauté radieuse.

En ce jour de la Saint-Jean, Anne revêtit ses plus beaux atours, mit sa plus belle coiffe et se para de ses bijoux les plus précieux. Elle était ravissante dans sa robe de satin noir enrubannée de velours aux couleurs de son blason. Pourtant, elle enterrait son mari.

Sur la place principale, devant l'église, un cortège composé uniquement de femmes et d'enfants se dirigeait vers le cimetière bordant la petite rivière Yamachiche. Six femmes solides portaient un cercueil. Anne Lesieur Desaulniers marchait devant, le visage grave et d'une altière beauté. Cheveux clairs, corps fragile, la seigneuresse paraissait forte malgré la minceur de sa taille et la finesse de ses traits. Elle soulevait son voile de dentelle et allait face découverte, comme pour donner l'exemple de l'abnégation. Mais on devinait sa peine sous ce masque d'indifférence qu'elle affichait comme pour se durcir le cœur.

Marchait à ses côtés son fils de douze ans, Nicholas, habillé d'un costume militaire avec tricorne et pourpoint. Il portait à la ceinture l'épée de son père.

Le cortège approcha d'une fosse que des femmes finissaient de creuser. Il y avait là, Aurélie, la femme du forgeron, Amélie-Ange Ferron, la jeune femme d'un pêcheur, et la vieille Lucienne Bellemare, l'aubergiste et cartomancienne officielle du village. Toutes portaient des coiffes qui de Bretagne, qui de Normandie, marquant l'origine de leurs aïeules. Le glas s'emmêlait à l'étrange écho venu du fleuve, le bruit de canons invisibles que l'eau portait jusqu'ici.

Aurélie, sur un ton de prophétesse, dit:

— Il en reviendra pas beaucoup de nos hommes.

— Ne prononce pas le malheur! répondit Amélie-Ange.

Lucienne la voyante conclut:

— Oh ils vont revenir!... Dans le cercueil!

Plus loin, près de la chapelle, une jeune fille de vingt ans aux yeux et cheveux noirs, Marie l'Escofiante, pleurait en faisant danser un ours. Elle exécutait des mouvements étranges au rythme d'une musique funèbre jouée sur une vielle à roue par sa jeune sœur, Isabelle, qui n'avait pas seize ans.

En serpentant nonchalamment entre les stèles funéraires, les deux jeunes filles se dirigèrent vers la fosse tout en prenant soin de rester à l'écart.

— Dieu ait pitié des veuves! dit Isabelle.

Parlant du défunt, Marie l'Escofiante lui répondit tout bas:

— Mais j'étais sa vraie femme, sa maîtresse! Dieu ait pitié des maîtresses!

Ce cimetière leur était un paysage familier. Plusieurs jeunes compagnons étaient enterrés ici. Les deux sœurs venaient souvent y raviver des souvenirs.

Elles s'arrêtèrent à une distance protocolaire de la fosse où se déroulait la cérémonie. Anne Desaulniers, la veuve légitime, embrassa le cercueil. Les femmes placèrent la tombe sur des cordes et se préparaient à la faire descendre dans le trou. Tout près, l'on discutait encore du lieu de sépulture. Plusieurs étaient d'avis qu'il fallait enterrer le chevalier dans l'église, sous la crypte. D'autres faisaient valoir qu'il n'était seigneur que par alliance et non par naissance.

Anne entama l'oraison funèbre:

— Le seigneur Desaulniers était un bon époux, un brave capitaine aimé de ses soldats. Il est mort à la guerre de glorieuse façon. Si ses ennemis l'attendent au ciel, il sera mal reçu... car il en a tué plus d'un. Mais gageons qu'ils sont en enfer puisque cette guerre est injuste. Enfin, chevalier Desaulniers, nous t'aimions, que ton âme repose en paix.

Élevant son épée, Nicholas salua une dernière fois son père, avec noblesse et fierté. Sur une élévation tout près, deux miliciens infirmes faisaient le même geste: l'Eugène, le cul-de-jatte et l'Ocle-l'Œil, l'aveugle. Magoua On Do, un métis géant, les commandait.

À part les vieillards, c'étaient les seuls hommes qu'on pouvait rencontrer dans le village. Le plus affreux des trois, l'Eugène le cul-de-jatte, se déplaçait dans une voiturette tirée par un chien. Mais, affreux tant que voudra, il comptait en remplacer quelques-uns auprès de quelques-unes. Par l'ampleur de la guerre, il en mourait tellement que même les moins beaux des bougres pouvaient rêver aux plus éclatants mariages.

De temps en temps, des coups de canon qui semblaient plus proches troublaient la prière. Personne ne se souciait des boulets, coups perdus d'une canonnade lointaine, là-bas, sur le fleuve. Ils n'étaient pas dirigés vers les terres, du moins se plaisait-on à le croire.

Au moment où Anne et son fils reçurent les condoléances des amies, Marie l'Escofiante s'approcha timidement. Anne lui prit la main et l'amena auprès de la tombe. Quoique avec défiance, Marie l'Escofiante se laissa conduire. Alors Anne demanda qu'on ouvre le cercueil pour un dernier adieu. Lucienne protesta.

— Mais!... Le seigneur capitaine est mort à la guerre, il y a deux mois. Oh non! moi j'veux pas voir.

— Ouvrez le cercueil! ordonna la seigneuresse.

Aurélie et Amélie-Ange ouvrirent la tombe. Vision horrible qui fit frémir toutes ces dames. Nicholas regarda le cadavre avec courage.

— Il ne craignait pas la mort, dit Anne. Il l'appelait son amie. Maintenant, c'est elle sa maîtresse!

Le trait vengeur de l'épouse trahie atteignit sa cible. Le visage de Marie l'Escofiante blêmit comme si son corps se vidait de son sang. Les paroles d'Anne lui avaient arraché une fraction de vie et, un moment, la jeune fille crut être morte comme ce cadavre répugnant. Mais, en même temps, elle sentit qu'elle avait rejoint son aimé dans l'au-delà et qu'il lui avait donné le froid baiser de l'adieu.

Soudain des coups de feu éclatèrent.

Magoua, le costaud métis portant le costume de la milice indienne, s'approcha du groupe. Il armait son fusil.

— Il faudrait écourter la cérémonie, seigneuresse Anne. À ce qu'il semble, des patrouilles anglaises rôdent encore pour venir se provisionner.

Une nouvelle détonation! Anne fit refermer la tombe et sortit un pistolet caché sous sa jupe. Magoua, le seul homme valide, lança son grand cri de guerre au milieu de toutes ces femmes qui s'affairaient à prendre armes et positions. L'ours grogna et se dressa.

La crainte se justifiait. Le général Wolfe qui assiégeait Québec, désespérant de prendre la ville, envoyait ses troupes ravager les campagnes dans le but d'affamer les populations. Les patrouilles ennemies opéraient habituellement sur la rive sud du fleuve; parfois elles se risquaient du côté nord, mais la mort y était plus souvent contre eux. L'absence des hommes des villages permettait ces incursions, pourtant dangereuses. Avant de brûler les maisons, les assaillants se permettaient de violer. Leurs ordres étaient de répandre la terreur. Et ils jouissaient de la répandre. Leurs baïonnettes ne cherchaient que quelque ventre à transpercer.

À Yamachiche, les villageoises n'étaient pas d'humeur à se laisser faire. Plusieurs se barricadèrent chez Lucienne, la cabaretière. L'aimable vieille grognait contre cet affront aux morts. Elle émit l'avis qu'il faudrait recommencer les funérailles. Amélie-Ange, la femme du pêcheur, comptait plutôt ajouter des fosses dans la partie du cimetière réservée aux impies. On les remplirait d'Anglais. Elle les détestait par grief personnel, ils avaient tué son père. Elle appela Marie l'Escofiante pour faire le coup de feu. Mais étrangement, celle-ci s'attardait près de la fosse du capitaine, obsédée par la vision sépulcrale.

Anne, la seigneuresse, rallia un groupe de miliciennes qui devaient surprendre les Anglais par un feu ordonné. Après un moment de désarroi, les villageoises regroupèrent leurs forces, déterminées à entrer en action. Magoua, qui portait un petit canon sur l'épaule, se posta à l'entrée du village. De toutes les maisons, du clocher de l'église, de la forge, de la boulangerie, de chaque fenêtre en fait, pointaient des fusils. Chaque femme, chaque vieillard était prêt à se battre.

Que le silence! Où était donc l'adversaire? On n'entendait plus que la canonnade lointaine. Magoua était presque déçu.

Au lieu de l'Anglais, n'apparut que l'Eugène Gélinas, le cul-de-jatte qui se déplaçait en charrette à chien. Il poussa son gros saint-bernard qui tourna sur la place en cherchant l'ennemi familier. Puis l'Eugène siffla et le saint-bernard décampa à toute allure, traînant la charrette de son maître derrière lui. Croyant surprendre le rôdeur, le cul-de-jatte filait à une vitesse de cavalier. Il rejoignit son ami l'Ocle-l'Œil, l'aveugle. L'Eugène, fier guerrier, lui donna des instructions:

— Si y en a un qui ose approcher, un seul, celui-là, c'est son dernier jour.

— Oui, l'Eugène, mais sont où?

— Où?

Étrange alerte! Ni fausse ni vraie! Pourtant le chien de l'Eugène avait couru à l'ennemi comme dans les grandes batailles. Et même l'aïeule Guillemette jurait bien avoir vu de sa fenêtre le rôdeur à tunique rouge. Peut-être bien un fantôme!...

Intrigué par ce mystère, Magoua décida de marcher jusqu'à la rivière Yamachiche. Sur la grève du cours d'eau, il chercha des traces d'accostage. N'en trouva point. Il remarqua seulement l'empreinte d'un cheval. Une odeur de salpêtre flottait dans l'air. Les canots d'écorce qui séchaient sur le sable n'avaient pas été détruits comme il était de précaution de faire lors de ces attaques. Il prit le sien, décoré du signe des pêcheurs basques, puis il descendit la rivière. Arrivé au grand lac Saint-Pierre, il remarqua des défenseurs de la marine qui patrouillaient. Eux aussi cherchaient un gibier, le même. Magoua ne s'était donc pas trompé. L'ennemi s'était infiltré. Seulement, il n'avait pas osé venir se frotter à lui. Comment les Anglais avaient-ils su qu'il les avait devinés? Il avait été trahi par on ne sait quel esprit maléfique.

Au village, Nicholas et sa mère retournèrent au cimetière pour terminer l'hommage à leur mort. Les femmes qui les accompagnaient se rendirent ensuite au cabaret pour le banquet funèbre. Aurélie, la forgeronne, avait commencé à combler la fosse. Marie l'Escofiante, restée jusque-là à l'écart, s'approcha doucement et se mit à pleurer. Comme si c'était elle la vraie femme du défunt! Lucienne, la voyante, vint la chercher et la prit dans ses bras pour atténuer sa peine.

Avant d'entrer dans le cabaret, la seigneuresse leur jeta un rapide regard, puis choisit plutôt de les ignorer.

Lucienne connaissait bien cette rivalité des deux femmes. La mort pouvait-elle l'effacer?

Elle dit à la jeune fille:

— Marie l'Escofiante! Si tu voyais l'avenir comme je le vois, tu saurais que celui qui est mort n'était pas le tien! L'autre, le vrai, procède des esprits des forêts. Quel homme étrange!

Alors Lucienne fixa l'horizon, comme si elle voyait par-delà.

— Quel beau visage! C'est un saint, mais il côtoie le diable! Amour et puissance, mal et bonheur. Le ciel et l'enfer se disputent son âme! Qui le touche s'y brûle. Si tu l'aimes, tu en mourras! Mais quelle belle flamme! Quel amour de feu!

— Mais de qui parles-tu?

Lucienne revint alors de ce monde qui lui appartenait en propre. Elle sourit, fière d'avoir endormi la douleur de la charmante enfant.

— Ah! Tu vois? Tu as déjà oublié ton amant. Que jeunesse est volage! Où sont tes larmes? Déjà séchées? Mais c'est bien...

À l'auberge du village, décorée de draps noirs et d'ornements de circonstance, Anne, la seigneuresse, offrait un repas aux cérémoniants de l'enterrement. Un silence respectueux rappelait la gravité de ce jour. Les femmes entraient une à une, rangeaient leurs armes le long du mur, à portée de la main. Anne souleva son voile noir et ouvrit des boucaux de biscuits pour la distribution. Lucienne revint à temps pour offrir le pain. Et les convives, dépliant les couteaux à ressort qu'elles portaient toujours par-devers elles, se mirent à table, escomptant un traitement hospitalier. Anne ne les déçut point. Elle dit:

— Les magasins du Roi ne sont pas riches, mais par la charge qui me vient de mon mari, il m'importe que vous ayez bonne part aujourd'hui à ce banquet funèbre... ici, dans ce cabaret qu'il aimait tant fréquenter.

— Oh, il était bien reçu, commenta Lucienne qui servait maintenant le vin. Prions pour ce bon capitaine qui parlait si drett.

Abaissant sa cruche, elle fit le signe de croix, imitée aussitôt par les autres femmes. Anne et son fils, Nicholas, prirent place à une table d'honneur, près de la cheminée. Revenu de son inspection, Magoua les rejoignit avec sa femme, Thérèse Nescambouït, une belle Indienne abénaquise, aux longs cheveux noirs, qui était vêtue de couleurs attrayantes.

— Il était brave, il était juste, dit Magoua à la veuve et à son fils. Vous héritez de son épée, sieur Nicholas. Vous héritez aussi de mon amitié. Vous aussi, madame.

— Merci, Magoua On Do! répondit Anne. En effet, c'était le meilleur des hommes.

— Je bois à sa mémoire, rajouta Magoua. Il était à la fois seigneur et capitaine de la côte. Il fallait que sa valeur fût grande pour qu'on lui accorde ce commandement qu'on réserve aux hommes de guerre et non aux dignitaires. Buvons!

À ces mots, Marie l'Escofiante entra en riant, suivie de sa sœur, Isabelle, et d'une troupe de jeunes filles. Anne montra de l'exaspération. Délaissant son service, Lucienne s'échappa vers Marie l'Escofiante et sortit son jeu de tarots. Une promesse qu'elle lui avait faite, semblait-il! Marie l'Escofiante retourna les cartes avec un petit air triomphant qui intriguait Anne plus qu'il ne la choquait. Marie l'Escofiante riait encore, mais c'était un rire affecté, on devinait qu'elle n'était pas loin des larmes. Lucienne allait changer tout ça.

— Tu vois, qu'est-ce que je t'avais dit? Il est tout près. Dieu et destin s'unissent pour le conduire ici... sous l'aile de l'archange Gabriel, en salvateur de l'amour!

— Est-ce que je le connais?

— Tu le connaîtras mieux que l'autre... Il vient de très loin. Habité par les esprits de la forêt comme par la présence divine, c'est Dieu qui l'arrache au diable pour le faire servir à son dessein.

En entendant ces propos, les femmes se signèrent, intimidées par ce mystère de la voyante. Mais Lucienne avait parlé trop fort. Anne se leva, espérant ainsi faire respecter le décorum. Marie l'Escofiante sourit avec insolence, puis fit un signe à sa jeune sœur. Elles partirent toutes deux avec un air de gaieté. Comme dans l'attente d'une explication, Anne fixait Lucienne qui, fière, feignit l'indifférence. Elle pigea une dernière carte: celle de la mort, un squelette.

À une lieue de Yamachiche, les eaux calmes de la rivière du Loup coulaient au milieu d'une grande forêt. Des défrichements récents annonçaient la fondation prochaine d'un village. Un rustique pont de bois enjambait la rivière. Joachim s'y engagea d'un pas vaillant. Ployant sous sa charge, Alexis le suivait de peine et de misère. Joachim ralentit le pas pour attendre son fils.

— Tu es fatigué? lui demanda-t-il. On va s'arrêter! Allume l'amadou.

Tout heureux, Alexis déposa son sac dont il tira pipe et tabatière. Joachim chargea lui aussi sa pipe. Ils fumèrent assis, leurs pieds balançant au-dessus de l'eau.

— Quand nous serons arrivés, appelle-moi «mon père», mais ne dis pas que tu es mon fils. Jamais, tu comprends? C'est important. Tu ne veux pas qu'il nous arrive la même chose qu'autrefois?... Qu'on se moque de nous?... Qu'on nous humilie? Tu te souviens quand les soldats m'ont plongé dans la mélasse?

Alexis fit signe que oui. Joachim rangea son tabac, se leva et lui donna une branche souple qu'il gardait avec lui.

— Maintenant, c'est l'heure! dit-il en détachant sa soutane pour exposer son dos.

Alexis revit les larges cicatrices qui avaient déjà éveillé sa curiosité. Un loup, avait-on voulu lui faire croire, mais Alexis savait que Joachim s'était battu souvent contre des hommes. Le dos musclé portait des traces de fer rouge ou de tison, des plaques plus rosées là où la peau avait été arrachée, des entailles de sabre, des trous de balles et des empreintes de morsures. Pas seulement de loups, à ce qu'il semblait. Et pour finir, des sillons creusés par le fouet! Qu'avec cela, le visage de Joachim fût resté si beau, c'était une volonté du ciel. Timidement, Alexis se mit à frapper sur ces marques de douleur.

— Plus fort! dit Joachim.

Alors Alexis usa d'une telle énergie et plaça si bien ses coups que Joachim, soudain sensible à la souffrance, oublia sa pénitence et se retourna vers son fils. Furieux, il le prit par le collet et le souleva à bout de bras.

— Quoi, tu te venges? Tu n'es donc venu au monde que pour me hanter, pour me rappeler le péché? Tu ressembles à la morte. Pourquoi lui ressembles-tu tant que ça?

Sa colère laissa place à l'étonnement et à la tristesse. Joachim déposa l'enfant doucement sur le sol. Il lui tâta les bras, les épaules. Il découvrait sa maigreur.

— Comme tu es fragile! Comment peux-tu frapper si fort? Est-ce toi qui frappais ou bien elle, ta mère?

Joachim l'examina plus attentivement. Dans les yeux de son fils, il revoyait cette femme, sa femme. Joachim exposa à nouveau son dos nu. Il ferma les yeux et attendit la discipline.

— Continue, mais frappe un peu moins fort! Je ne l'ai pas tuée, ta mère! Je l'ai simplement aimée...

Soudain ils entendirent un rire extraordinaire. Surpris, Alexis bascula sur ses bagages. À l'autre bout du pont, Marie l'Escofiante et Isabelle surgirent dans une voiture légère à deux roues tirée par un ours qui filait à vive allure. Marie l'Escofiante commandait l'animal en sifflant. Sa sœur s'accrochait aux ridelles pour ne pas tomber. Chaque sifflement excitait l'ours davantage. Joachim se rhabilla au plus vite. À une note différente, l'attelage se mit au pas; arrivé à la hauteur de Joachim et de son fils, il ralentit encore plus. On se salua de signes timides, les deux demoiselles éclatèrent à nouveau de rire et la voiture continua jusqu'à l'autre rive.

Isabelle dit:

— C'est lui! Lucienne a les yeux du diable.

Joachim observait avec curiosité la voiture qui revint sur ses traces et s'immobilisa près de lui. Marie l'Escofiante se sentait de plus en plus effrontée.

— On voit de drôles de choses sur les ponts, aujourd'hui!

Joachim agrippa son sac et reprit son chemin. La voiture le suivit d'abord, puis l'accompagna. Marie et Isabelle observaient le prêtre et le garçon tout en rigolant. Joachim s'arrêta à nouveau.

— D'où venez-vous jeunes dames?

— De Yamachiche, répondit Isabelle.

— Et où allez-vous?

— À Yamachiche, reprit Marie l'Escofiante.

Elles s'esclaffèrent. Joachim regarda Marie l'Escofiante droit dans les yeux avec une telle intensité qu'elle se troubla. Durant un bref instant, elle se retrouva dans une sorte d'état hypnotique. Embarrassé par le rappel d'une émotion ancienne, Joachim choisit de mettre fin à l'envoûtement.

— Yamachiche? Yamachiche! Eh bien, en route. J'y vais de même.

Avec Alexis sur les talons, il se remit en marche, le sourire aux lèvres. Marie l'Escofiante mit un moment à réagir, puis fit avancer sa voiture du même pas.

— Je m'appelle Marie l'Escofiante. Elle, c'est Isabelle, ma sœur!

— Et vous dressez des ours!

— Je possède ce don, mais j'en ai d'autres. Comme celui de la musique et de la danse. Je sais lire et je fais des chapeaux.

— Dieu ordonne de cultiver ses talents. Si je me souviens, le mien, c'est de prêcher l'amour.

— Est-il bien cultivé?

— Autant que le vôtre.

Se rendant compte de son audace, Joachim baissa la tête et hâta le pas. Isabelle glissa à l'oreille de Marie l'Escofiante:

— Lucienne avait raison. C'est un homme qui aime les femmes, et prêtre en plus.

— C'est Dieu lui-même qui l'envoie.

Elles sifflèrent l'ours qui s'élança dans un lourd déhanchement. En passant près de Joachim, elles tendirent leurs mains et le hissèrent dans la charrette, abandonnant le pauvre Alexis qui courut pour les rattraper. La course fut brève: l'ours s'arrêta tout net, se dressa sur deux pattes et secoua ses harnais jusqu'à renverser l'attelage. Il refusait à présent sa condition. Seul l'amour de sa maîtresse pouvait lui faire accepter la domesticité, or il était jaloux de Joachim. Comme un prétendant trahi!

— Tout doux, lui dit Marie l'Escofiante, tout doux.

Elle lui donna un peu de sucre. Il redevint un gros chaton, mais refusa de tirer la charrette tant que Joachim y prenait place. Le prêtre dut continuer à pied.

À l'auberge, Anne n'avait pas le cœur à manger. Les autres convives ne se privaient pas. En période de disette, c'était une vraie grâce du ciel que cet enterrement! Magoua, un peu gauche, faisait l'effort de consoler la veuve. Anne eut une pensée pour son fils.

— Aimez l'héritier, Magoua. Instruisez-le au métier des armes. S'il s'en montre digne, il s'élèvera au commandement, comme son père.

Nicholas mit son grain de sel:

— Mon père voulait que je fasse un prêtre. Mais moi, je veux me battre comme lui!

Magoua rétorqua avec philosophie:

— Il avait peut-être raison! L'uniforme, c'est beau, mais dans la tombe, personne ne le voit.

— Je n'aime pas la guerre, mais j'ai un nom, je suis l'aîné!

— Pour faire la guerre, ironisa Magoua, il suffit de s'appeler «trou du cul».

Son trait visait l'Eugène qui se mouvait en se balançant sur ses mains. Dans le brouhaha du banquet, les deux miliciens infirmes s'approchaient d'Anne pour lui rendre hommage. L'aveugle, couvert de balafres, salua la dame en même temps que le cul-de-jatte perdait sa perruque en faisant une sorte de révérence. Alors tout le monde put voir cette affreuse tête chauve et crevassée, résultat de la perte de son scalp. Seul un miracle expliquait que l'Eugène fût resté en vie. Prestement, il ramassa la perruque et se redonna une contenance en la replaçant sur sa tête.

— Madame, nous venons vous offrir nos épées.

— Elles me semblent bien infirmes, vos épées.

L'aveugle sortit alors sa lame et faillit embrocher la mère et le fils qui reculèrent. Les deux infirmes croisèrent gauchement le fer.

— Nous sommes deux bonnes épées! Les meilleures du village. Elles pleurent au fourreau. Elles luisent en bataille. Comprenez, madame, nous voulons vous protéger.

— Votre secours m'est assez pénible. Allez en protéger d'autres. Vos épées sont rouillées, noires, ébréchées. Et vos bottes ne valent pas grand-chose, du moins pour moi... Pardonnez!

Anne voulait se débarrasser de la présence des deux miliciens qui semblaient se comporter en prétendants. Ils ne manquaient pas de front! Elle quitta brusquement la table. Elle aperçut alors, dans l'encadrement de la porte, Marie l'Escofiante et Isabelle qui entraient, souriantes comme le soleil. Derrière elles, les silhouettes d'un prêtre et d'un enfant se nimbaient de lumière. Tous les convives se retournèrent, et s'immobilisèrent comme statues. Un silence envahit la pièce.

Alors éclipsant celui de toutes les autres, le regard d'Anne attira celui de Joachim, prisonnier comme elle d'un étrange magnétisme. Anne esquissa un pas dans sa direction. Un rayon de soleil baigna sa chevelure.

Joachim se sentit égaré. Anne, aux yeux verts irradiés de particules d'or, arrivait à toucher un cœur durci par des années de douleur amoureuse. Il sentit un charbon rouge lui brûler les paupières. L'éclat de la beauté l'aveuglait. Ému, Joachim se présenta.

— Joachim de Margerie, dit Lefranc, prêtre des missions étrangères. J'arrive de Détroit en pays nouveau. Je viens en cette paroisse, dédiée à sainte Anne, pour fortifier ma foi. Yamachiche est un haut-lieu de la chrétienté.

Il se recueillit un instant. L'assistance se leva pour se faire bénir, sauf l'aveugle et le cul-de-jatte qui semblaient lui accorder sur-le-champ les faveurs de leur inimitié. Joachim bénit Anne en dernier, puis lui serra la main. Elle s'étonnait de ce qu'elle ressentait jusqu'au fond des entrailles, un formidable bouleversement des émotions, apparenté au désir. Joachim, ce prêtre, par quelle magie, en un seul instant, avait-il pu subjuguer une veuve attristée qui venait à peine d'enterrer son mari?

Elle dit:

— Anne de Yamachiche Desaulniers, seigneuresse de ces lieux, à charge d'intendance pour les armées du Roi!

— Anne? Comme la grand-mère du Christ?

Lucienne poussa alors un petit cri d'allégresse, un cri en i qu'elle étouffa aussitôt. Cela provoqua un murmure chez les spectateurs. Lucienne, mais pas seulement elle, voyait un présage. Dans l'Évangile, Anne était l'épouse de Joachim. Anne, gardant contenance, ajouta:

— Nous n'avions plus de confesseur, monsieur du séminaire. Les Anglais l'ont tué. La religion commençait à nous manquer.

Joachim scruta la pièce et se rendit compte tout à coup qu'il n'était entouré que de femmes.

— Où sont les hommes? Je vois surtout des dames, ici! Que se passe-t-il?

Magoua répondit:

— Guerre! La guerre!

— Vous verrez pas beaucoup d'hommes dans le pays, renchérit Lucienne. Y sont tous partis défendre Québec.

L'Eugène conclut:

— Y vont tous mourir, c'est la grande saignée!

Les ornements funéraires qui donnaient un aspect lugubre au lieu frappèrent Joachim. Ils lui rappelaient le sacrifice qu'exigeait la défense de la Nouvelle-France. Combien des hommes de ce village, de ce pays, étaient morts déjà? Combien mourraient encore puisque tous, autant jeunesses que vieillards, s'étaient engagés dans cet effort suprême dont il constatait l'importance depuis son arrivée à Montréal? Il se retrouvait presque seul de son sexe au milieu de femmes dont quelques-unes lui apparaissaient comme les plus belles au monde. La Bruguière le savait-il? Était-ce volonté du démon? Et si c'était l'œuvre de Dieu? Joachim ignorait ce qui l'amenait ici. Il dit à Anne:

— Vous portez le deuil! Je vois le crêpe noir des banquets funèbres.

— Mon mari... Nous venons de l'enterrer.

— Le malheur vous frappe au moment où j'arrive. Vous m'en voyez bien affligé! Puissent mes prières vous apporter un peu de réconfort.

— Votre bienveillance me touche.

Alors l'esprit soupçonneux de Lucienne entrevit la suite de cet échange amical. Elle songeait encore à la légende de sainte Anne et saint Joachim, grands-parents de Jésus, qui engendrèrent Marie à un âge très avancé, presque au seuil de la mort. Ce Joachim venu d'on ne sait où, n'arrivait-il point également au voisinage de la mort? Ne s'agissait-il pas là d'un acte de réparation, un geste de Dieu voulant calmer la douleur des femmes?

Pour sûr, avec un tel pasteur, les brebis seraient bien gardées!

Joachim récitait le bénédicité debout près d'Anne, à la table d'honneur. Il remarqua le petit groupe de jeunes femmes qui entourait Marie l'Escofiante. Elles devisaient gaiement et l'épiaient avec sans-gêne. Manifestement, on parlait de lui. À la fin de la prière, Thérèse Nescambouït apporta du vin pour lui et des biscuits pour Alexis.

L'atmosphère n'était pas aussi lugubre que l'auraient voulu les circonstances. Plusieurs hommes étaient morts récemment et un certain nombre se trouvaient dans le cimetière tout près. Le village manquait peut-être de pleureuses ou alors Joachim se retrouvait vraiment dans une sainte communauté où la mort était accueillie comme une grâce, une récompense, un rappel à Dieu. Que de sourires en ces tragiques instants! Que de beaux visages pour adoucir la dureté du funeste trépas! Quel étrange village, quelles merveilleuses créatures!

Les sourires disparurent pour le temps d'un chapelet que l'aïeule Guillemette demanda au prêtre de réciter pour le défunt. Au dernier «Je vous salue Marie», Magoua salua à la compagnie en l'honneur du seigneur mis en terre. Après quelques verres, la veuve ne put retenir ses larmes.

Elle dit à Joachim:

— La guerre m'a ravi mon époux... Nous étions heureux. Dieu nous éprouve durement. Tous les jours, je Lui demande réparation... Qu'on me rende mon bonheur!

— On vous le rendra, madame! Malgré la guerre. Car Dieu est bonté.

— Croyez-vous que nous ayons tellement péché que Dieu nous en punisse ainsi? Plusieurs le disent. Mon mari, comme tous les soldats, affirmait que nous battrions toujours les Anglais. Depuis six ans, nos troupes remportent victoire sur victoire jusqu'aux confins du Nouveau Monde. Mais voilà qu'en une seule campagne, l'ennemi a franchi toutes nos frontières et se retrouve au cœur du pays. La première balle fut pour mon mari. Comment Dieu a-t-il permis cela?

— Dieu ne conduit pas les armées, madame.

— Mais il les favorise! Les guerres ne sont que des disputes. Mais voilà que celle-ci devient œuvre de destruction. On veut nous soumettre, nous anéantir. A-t-on déjà vu telle entreprise guerrière? Et si formidable? La perfidie règne du côté de nos ennemis. Ils seront implacables! Dieu nous abandonne.

— Il ne faut pas croire cela! Dieu peut encore aimer, même s'il s'égare lui aussi parfois. Car il fut un homme!

Anne continuait de pleurer, de rage semblait-il. Avec naturel, Joachim lui prit la main pour la réconforter. Un geste très tendre. Avec autant de naturel, Anne maintint ce contact affectueux sans se rendre compte qu'à l'autre table Marie l'Escofiante mourait d'envie. Elle murmura à Lucienne:

— Comment peut-elle le courtiser quand elle vient à peine d'enterrer son mari? Et lui, le prêtre, qui n'a même pas été dire une prière sur la tombe!

Amusée, Lucienne répondit avec douceur:

— La prière, c'est dans ton lit que tu aimerais qu'il la dise.

Marie l'Escofiante rougit:

— Tu crois que... enfin...

— Qu'il voudrait?

Assis en face d'Alexis qui dévorait les galettes avec avidité, Magoua essayait de percer ce curieux enfant.

— Comment t'appelles-tu?

— Alexis Boisvert.

— Tu es métis, de ma race.

— Non, je suis Français.

Nicholas Desaulniers, le nouvel orphelin, considérait d'un air méfiant ces nouveaux venus. Dans son habit à la mode de Versailles, il tranchait complètement avec Alexis, mal habillé d'une soutane sale et déchirée, et qui mangeait d'une manière très peu française.

Il dit:

— Pourquoi as-tu honte de ce que tu es? De ta race?

Ces paroles attirèrent l'attention de Joachim.

— Alexis, ce monsieur a raison. Il ne faut jamais avoir honte de ce que l'on est!

D'un ton théâtral, Alexis répondit au fils du seigneur:

— Ma mère était la grande princesse indienne Ishe-keguën. Et mon père... le roi des ivrognes. Je suis donc un prince.

Les éclats de rire fusèrent de partout! Joachim regarda froidement Alexis qui semblait profiter des circonstances pour camoufler sa vengeance comme lorsqu'il le frappait. Naïveté ou audace perverse? Le visage de l'enfant n'exprimait guère la traîtrise, mais en tout cas il était fier de son coup. Joachim essayait tant bien que mal de cacher sa paternelle indignation, ce qu'Anne ne manqua de remarquer. Elle se demanda pourquoi Joachim devenait si rouge tout à coup? Connaissait-il le père d'Alexis? Étaient-ils deux amis?

— Cet enfant me semble bien important dans votre vie! dit-elle.

— Cela paraît donc?

— Plus que vous ne croyez.

— Je n'admets pas qu'il se moque ainsi de son défunt père, un homme bon. De grande valeur même! Sinon, comment aurait-il pu épouser la fille d'un chef?

— Il était Français?

— Oui.

— Comment est-il mort?

— À la bataille de la Monongahéla. Percé par une baïonnette!

— Alors, je lui envoie un baiser, puisqu'il repose parmi les braves. Un baiser de mon cœur et de mon âme.

Joachim sentit que vers lui s'envolait ce baiser. Ne l'avait-il pas volé puisqu'il avait menti? En même temps, il disait vrai: il s'était battu à la Monongahéla. Sauf qu'il ne reposait point parmi les braves. Il n'était que le roi des ivrognes.

Guidés par Magoua, Joachim et Alexis traversaient la place du village, en route vers la maison du prêtre. Le métis portait leurs bagages. Comme Joachim, il ne se coiffait pas de ces perruques à la mode, préférant nouer ses longs cheveux avec une mince attache ornée de pierres sacrées. Il fit la remarque que Joachim était imberbe comme lui. Il se souciait donc de sa beauté, du moins aux yeux des Indiennes. Elles aimaient bien les Français, mais se moquaient de cette barbe qui leur donnait l'apparence d'un ours lorsqu'ils la laissaient trop pousser. Joachim riposta qu'il était ainsi de naissance et pour changer de sujet, il demanda:

— On t'appelle Magoua?

— Ça veut dire «le terrible».

— Tu portes bien ton nom!

— Comme toi, ta soutane. Tu m'as l'air d'un homme bon. Et pas trop sévère... Le prêtre avant, c'était un malcommode. Les femmes l'haïssaient... Scrupuleux comme une crotte de pape! T'es pas comme ça, toi?

— Non, au contraire!

Les yeux ronds comme des louis d'or et un sourire malicieux aux lèvres, Alexis confirma la chose en faisant signe que non. Se profila la silhouette d'une église dont Joachim s'approchait avec une émotion chargée de crainte. Magoua observait Joachim du coin de l'œil, flairant un mystère. Il le trouvait différent des autres prêtres. D'abord, il se laissait tutoyer. Ça prouvait qu'il était habitué aux Sauvages. Il semblait engageant, et fraternel, même.

— Ah monsieur! c'est pitié de te voir sans monture. C'est comme moi. Avant, j'avais une grande et belle jument, une bête à faire bander le diable. Des soldats l'ont mise sur la broche. Ils avaient faim.

Il s'arrêta soudain et prit Joachim par le bras.

— Sais-tu de quoi j'ai peur? Le diable aime s'accoupler avec les cavales. Mais quand il n'y aura plus de juments à saillir, le diable viendra prendre nos femmes!

— Ce n'est pas une chose qui se produit souvent.

— Mais si tous les hommes vont à la guerre et tuent les juments, ils lui ôtent son plaisir. Il voudra se venger.

— À mon avis, c'est plus ton idée que la sienne, répondit Joachim, amusé.

— Ici même, à Yamachiche, toutes les nuits, un démon vient sous la forme d'un cheval hennir sous les fenêtres des femmes sans hommes.

Joachim porta plus d'attention à la description du phénomène. Il prenait maintenant la chose au sérieux.

— Un cheval noir à la robe brillante comme la soie de Chine? demanda-t-il. Un cheval aux sabots d'or? Au souffle étrange et rauque?

— Oui, mais oui, exactement. Tu l'as déjà vu?

Joachim hésita avant de répondre. Cette histoire lui rappelait des hantises personnelles, une sorte de tourment intérieur, une image qui le pourchassait. Mais cela faisait longtemps qu'il n'y avait plus pensé.

— Il venait avant sa naissance, dit-il en désignant Alexis. C'est un diable à moi qui me suivait.

Après un instant de silence, il murmura comme pour lui-même:

— Mon Dieu, où suis-je donc venu?

— En terre chrétienne, répondit Magoua, inquiet. Bon Dieu du Christ du câlice, de quoi as-tu peur?

Joachim parlait à un être invisible. Ses paroles devenant presque inaudibles:

— Ô mon Dieu, au buveur faut-il tendre la coupe? Qui a mis cette femme sur mon chemin? Mais qu'est-ce que je fais ici? Pareille beauté... qui me hante soudain... Vœux du diable?... ou vœux de Dieu?

Magoua conclut:

— Allez, viens boire, le diable ne fait peur qu'aux petites filles.

Joachim pénétra dans la maison destinée au prêtre de la paroisse, une pauvre cabane poussiéreuse, meublée d'un méchant lit, d'une commode en piteux état, d'une table bancale, de deux chaises et d'un pot de chambre. Le plancher? En terre battue. Pour tout dire, la misère! Mais Joachim avait connu pire.

Magoua s'en excusa presque:

— C'est pauvre, mais que voulez-vous? L'ancien curé se prenait pour Vincent de Paul. Il donnait tout aux miséreux. Il envoyait ses rations aux armées!

Il déposa les bagages et alluma une pipe. Arrivée avant eux, Thérèse, la femme de Magoua, préparait les couches. Elle dépoussiéra les pelleteries servant de matelas, déplia un drap, puis deux. Alexis, fourbu, se coucha aussitôt. Trois secondes plus tard, il ronflait déjà. Joachim jeta un regard de connaisseur sur les courbes de l'Indienne.

— Tu es bien marié, Magoua, elle déborde de santé.

— Thérèse Nescambouït? J'en voudrais pas d'autre! Elle en vaut trois comme elle, à besogne comme à couchette! Mon grand-père, qui avait cinq femmes, il aurait pas pu la fournir, elle toute seule. Ah, mais avec moi, elle est bien servie. Ça l'empêche pas d'être jalouse. Si elle m'attrape avec une autre, elle me tue drett là. Mais c'est par amour que je suis fidèle.

Thérèse répliqua:

— Je suis une bonne femme, mon père, mais pas pour obéir. Il faut savoir me prendre.

Le mari et la femme rirent ensemble. Joachim sourit. Sur un signe de Magoua, Thérèse sortit un flacon d'une poche de sa jupe.

— Un petit coup, mon père? demanda le métis. Un petit blanc, tout petit comme tout.

Avec une sagesse inhabituelle, Joachim fit signe que non. Il avait déjà trop bu. Cette histoire de diable gâchait la joie de son arrivée. Magoua insista gentiment:

— À peine une roquille, ça ne fera pas de mal. Ou si c'est trop, allez, un misérable, à peine!

— Non, faudrait pas ou bien, vraiment juste un doigt!

— Un petit doigt ou un pouce?

Joachim acquiesça d'un sourire. Magoua lui versa à boire. Le prêtre hésita un peu, puis avala sa ration d'un trait. Depuis Détroit, Joachim n'avait pas bu une seule goutte d'eau-de-vie. Il affrontait un péril pire que la peste. Le mauvais esprit viendrait-il reconquérir son cœur? Il faut être fort pour ramener à la raison un homme perdu de rage folle au milieu des vapeurs célestes. Magoua savait-il ramener l'homme ivre sur la rive des douceurs humaines? Ou au contraire se laissait-il dériver vers l'excès et la fureur, comme Joachim en avait été si souvent témoin dans les missions? Après l'offrande d'usage, Magoua disposa avec retenue du précieux élixir. Il savait boire et recevoir en bon chrétien. Joachim ne redemanda pas d'alcool. Il triomphait de lui-même. Il redevenait un homme de mesure et s'en étonnait.

Plus en confiance, Joachim s'ouvrit à propos des tatouages qui ornaient les bras et la poitrine de Magoua On Do. C'étaient les matachias des tribus de l'ouest, les mêmes que Joachim cachait sous sa robe. Signe de courage, car fruit d'une douloureuse initiation, le matachia donnait à ceux qui le portaient la dignité indienne. Ainsi, sans le savoir, Magoua et Joachim étaient déjà des frères. Alors Joachim releva ses manches et exhiba son totem: le grand hibou.

Magoua n'en croyait pas ses yeux. Normalement, un prêtre rejetait ces croyances. Joachim était-il plus qu'un prêtre?

— Par la crotte du pape, je commence à t'aimer, toi! Tu m'as l'air d'être déjà sorti de ton confessionnal!

Joachim rit de bon cœur. Ça méritait une nouvelle rasade. Magoua servit une nouvelle fois Joachim, puis but un coup lui aussi et un deuxième encore plus solide.

— Es-tu chasseur, Magoua? dit Joachim.

— En temps de paix, oui, mais en temps de guerre, c'est plus payant de servir le Roi de France. Je reçois la solde d'un capitaine. Ma valeur est connue.

— Et tu guerroies beaucoup?

— Ah oui, beaucoup! Ah oui!... Trop! Je fais la petite guerre. Je vais très loin chez l'ennemi. Je fais peur. Mais cet été, ils m'ont demandé de défendre le village... avec les femmes. Tous les hommes valides sont partis, à moi seul, je les remplace tous... J'aime pas ça. Je devrais être à la bataille avec les autres.

Joachim le regarda dans les yeux.

— Et moi, où crois-tu que je devrais être?

— Toi, tu es un prêtre!

— En temps de guerre, les soldats disent que le prêtre porte malheur. Ils haïssent le prêtre parce qu'eux autres se font étriper pendant qu'il récite l'Ave Maria.

Scandalisée, Thérèse protesta.

— Ici, tout le monde aime les prêtres.

— Oui, ici, tout le monde aime les prêtres, confirma Magoua.

Il pouvait bien le dire et Joachim commencer à y croire, la vérité, elle, se cachait dans la nuit. Dehors, armés jusqu'aux dents, l'Eugène et l'Ocle-l'Œil espionnaient la maison. L'aveugle demanda à son compagnon:

— Qu'est-ce qu'y fait?

— Y boit comme un païen, comme un cochon! Non, ça, c'est pas un prêtre.

— C'est vrai, qu'est-ce qui dit que c'est un prêtre? C'est facile pour une canaille de s'habiller en soutane. En plus, il sent la débauche.

— Sais-tu où je l'ai déjà vu, ce verrat? À la bataille de Carillon. Je m'en souviens maintenant. Oui, c'est un officier du Béarn.

— Un déserteur? T'en es sûr?

— Y a plus sa barbe, mais c'est lui. Face maudite, face du diable, le chien, le rat. Y s'habille en prêtre pour échapper à la guerre.

— C'est un traître! Faut avertir la prévôté.

— Après, quand on lui aura sorti les tripes!

Traître, déserteur, débauché, faux prêtre, on trouverait bien une excuse pour le mettre à mort! L'Eugène voyait Joachim qui dansait à présent, ses beaux cheveux ondoyant sur son dos large et musclé. Son sourire était une insulte. L'Ocle-l'Œil l'entendait rire et cela lui était une souffrance. Pourquoi s'étaient-ils donc battus, les gars de Yamachiche, s'ils ne pouvaient retrouver l'amour des femmes? Pour eux, la présence de Joachim dans leur village était une blessure de plus. Cet homme ne pouvait devenir leur ami que le corps transpercé de lames.

Aux premières lueurs du jour, Alexis erra dans la pièce en quête de nourriture. Joachim se réveilla très lentement.

— J'ai faim!

Découragé de ne rien trouver, Alexis retournait tout sens dessus dessous.

— Qu'est-ce qu'on va manger? Je n'ai plus de pain. Tu n'as pas de chasse ni de culture, pas de blé d'Inde ni de farine, c'est vide!

— Tu as toujours faim, toi?

Alexis encouragea son père à se lever.

— Viens, on va aller à l'auberge. Ils t'aiment bien, les aubergistes. Je veux du café.

Alexis courut vers la porte, l'ouvrit violemment et poussa un cri de frayeur. Un ours énorme, dressé sur ses pattes, bloquait la porte en grognant sauvagement. Marie l'Escofiante siffla son ours qui se calma et revint vers elle. Joachim sauta du lit, sortit dehors sans chaussures, et boutonna gauchement sa soutane.

— Belle journée, n'est-ce pas? dit Marie l'Escofiante.

— Très, très belle journée, répondit-il.

Magnifique, elle se rapprocha et le dévisagea d'une manière provocante. Un châle pudique tomba de ses épaules, dévoilant un intrépide décolleté.

— Père de Margerie, il faut que je vous mette en garde, il y a...

— Marie, couvrez-vous!

Elle faisait semblant de ne pas comprendre. D'un regard timide, Joachim lui indiqua sa gorge. Négligemment, Marie l'Escofiante se couvrit et Joachim osa alors la contempler dans toute sa splendeur.

— Que vouliez-vous me dire?

Marie l'Escofiante se rapprocha davantage. Mine de rien, elle laissait à nouveau glisser le châle. Elle dit d'un ton grave:

— Méfiez-vous des hommes, gentil prêtre.

— Des hommes?

— Oui, des hommes!

— Quels hommes? Ils sont tous partis à la guerre!

Se donnant un air mystérieux, elle ne répondait pas. Maintenant tout près de Joachim, elle étendit la main, lui toucha les cheveux. Joachim, décontenancé, ne savait plus où poser les yeux.

— Je vous défendrai! souffla-t-elle.

Sur ce, elle s'enfuit avec son ours.

— Dieu, qu'elle est belle!

En prononçant ces mots, Joachim se sentait redevenir mauvais garçon. Mais, comment résister à l'appel de la beauté? Après tout, il demeurait un homme. Il dit à son fils:

— Ta mère était plus belle encore!

Alexis, fier, laissa voir l'éclat de son sourire. Joachim comprit que pour aimer à nouveau, le pardon d'un enfant lui suffirait, faute de celui de la sainte mère l'Église. Comme sa résolution était tiède! Mais était-ce vraiment la sienne ou plutôt celle de La Bruguière? Tout prêtre qu'il était, Joachim gardait assez d'orgueil pour demeurer un homme et non un mangeur de balustre. Quitte à se confesser, à expier, à prier, à soudoyer le pape! Ou... non... son esprit s'égarait. Il ne savait plus. Pauvre âme perdue!

Comme il était sensible à la beauté, d'une sensibilité douloureuse! Le joli sourire, le corsage invitant, les courbes rondes de Marie l'Escofiante lui faisaient mal comme le fer rougi du bourreau sur la peau du condamné.

Une heure plus tard, Alexis et Joachim pénétraient dans l'église de Yamachiche, une splendeur de dorures et de motifs bleu ciel. Ils traversèrent la nef. Les colonnes arquées semblaient projeter vers le plafond étoilé la lumière multicolore des vitraux. Au-dessus de l'autel, trônait une statue de sainte Anne vieille qui régnait sur ce monde de couleurs chatoyantes. Tête rejetée en arrière, Alexis admira la voûte moirée, les yeux écarquillés.

Joachim s'avança jusqu'à la lampe du sanctuaire qui était éteinte. Il fit une génuflexion devant la statue de sainte Anne, puis sourit à Alexis.

— Je n'ai jamais eu de si belle église!

Enchanté, Joachim tourna sur lui-même, d'un mouvement presque aérien. Il vivait une expérience quasi mystique. Dans une niche, le corps momifié d'une jeune Indienne en costume d'apparat reposait sur un catafalque. Derrière étaient rangés des tuyaux d'orgue empoussiérés. Alexis contemplait le catafalque.

— Qui est-ce?

— Eutykenne, la princesse indienne. C'est la sainte du village, une martyre, assassinée toute jeune. Son corps était si pur qu'il ne s'est jamais dégradé. Regarde comme elle semble vivante: la mort ne l'atteint pas.

Alexis s'approcha de la sainte, lui tapota les joues.

— C'est pourtant un cadavre comme les autres.

— Elle, c'est différent, elle est morte d'amour.

— Comme ma mère!

Mal à l'aise, Joachim garda le silence. L'enfant continua.

— Ma mère est morte d'amour, c'est toi qui l'as dit. C'est une sainte, elle aussi!

— Eutykenne, oui, mais pas ta mère...

— Elle est morte de faim. Mais c'est parce qu'elle voulait pas manger. Je lui apportais tous les jours des oiseaux que j'avais attrapés et fait cuire. Non, elle est morte d'amour!

Joachim crut voir une larme rouler sur la joue d'Alexis qui n'avait jamais pleuré devant lui. Il le prit dans ses bras.

— Oublie, maintenant, oublie! C'est à moi de me souvenir. Toi, tu es innocent.

— Elle disait que tu la chassais pour une autre!

— Non, ça n'est pas vrai! C'est elle qui est partie. Je te jure! Je suis peut-être mauvais, mais pas complètement. Elle a pris tout ce que je possédais, mon canot, mon argent, mes fourrures, mes wampums, mes nacres précieux, et elle a tout jeté dans l'eau, au milieu du lac. Elle était en colère.

— Je sais, c'est à cause de ce maudit La Bruguière. Quand tu recevais ses lettres, ton cœur devenait noir, tu t'éloignais pour rester seul!

— C'est vrai, mais ce «maudit» La Bruguière n'est pas en cause. Avant j'étais un homme de guerre, j'ai causé bien des malheurs. La vie m'a rendu en souffrance tout le mal que j'ai fait aux autres. Ta mère essayait de me rendre la sérénité. Moi, je ne pouvais pas la rendre heureuse. Je trouvais bon qu'elle parte, pour elle, pas pour moi!

— Mais elle t'aimait!

— Alors, tu as raison, c'est une sainte. Il faut l'être pour aimer un homme comme moi.

Il leur sembla alors qu'un sourire fleurissait sur les lèvres de sainte Eutykenne. «Quoi, elle aussi?» se dit Joachim.

Il ferma les yeux un instant avant d'embrasser la sainte sur la bouche. Alexis fit de même. Ils venaient de s'attirer sa grâce pour mille ans. Alexis trouva que Joachim s'y prenait vraiment bien avec les mortes.

L'heure de la messe approchait.

Portant étole et chasuble, Joachim était assis dans la nef avec Alexis et contemplait fixement la statue de sainte Anne. L'église était déserte.

— Alexis, quand je vais allumer la lampe, cet endroit deviendra un lieu sacré. Si Dieu juge indigne ma présence, Il peut me foudroyer.

— Et moi avec?

— Toi, tu es sans fautes, tu n'as pas à Le craindre.

— Oui? Mais il t'aime bien mieux que moi, sinon il t'aurait frappé il y a longtemps déjà. Je pense même qu'il a un faible pour toi.

— Oui, moi aussi, je le crois, conclut Joachim qui se leva, aussitôt imité par son fils.

Après une génuflexion devant l'autel, Joachim alluma la lampe du sanctuaire. La petite flamme éclaira le visage de Joachim tout heureux. Il sourit à son fils.

La grande porte de l'église s'ouvrit alors et, dans la lumière du matin, Anne de Yamachiche entra, habillée d'une robe de satin richement ornée de pierres et de passementeries. Elle souleva le voile de son visage. Magie, divine apparition: l'éclat de sa beauté rayonnante éblouit Joachim comme le soleil sur la neige du printemps. Elle s'arrêta, fixa le prêtre de ce regard de feu qui a le pouvoir de briser le fer et le roc qui emmurent le cœur de l'homme. Joachim succombait devant une force qui ébranlait les défenses qu'il avait érigées contre les sentiments. Oh, comme il était atteint!

D'autres femmes suivaient Anne. Venait enfin Marie l'Escofiante, sensuelle, provocatrice. Joachim était transfiguré.

— Mon Dieu, est-ce là ma punition? murmura-t-il entre ses dents.

Les femmes prirent place dans la nef. À demi païen, Magoua resta debout près de la porte; les deux infirmes se réfugièrent dans le dernier banc. Hormis quelques vieillards et des jeunes garçons, la moitié de l'église réservée aux hommes était vide. L'autre moitié était pleine comme un bustier qui déborde de formes généreuses. En compagnie de son fils, Anne occupait le banc du seigneur, près du chœur. Joachim la regarda un moment avant de commencer la cérémonie. Moment de trouble et de fascination. Anne laissa tomber son voile, l'Eugène cracha par terre, Lucienne toussa, les femmes ouvrirent leurs missels, Marie l'Escofiante se mit à chanter: la messe commençait. Lucienne crut entendre ces mots dans la bouche du prêtre: «Merci, Dieu, de m'envoyer tes anges!»

Le célébrant récita des litanies. Chaque fois qu'il se tournait vers l'assistance, son regard croisait celui d'Anne qui guettait le mouvement de ses yeux avec une innocence feinte. À nouveau envoûté, il s'interrompit au milieu de la messe, ne cessant d'admirer l'habile séductrice. Immobile, il murmura tout bas: «Vous êtes la plus belle! Belle comme la mère de Dieu!»

Alors, la flamme du sanctuaire vacilla, perdit de sa brillance. Avec une tristesse bien visible, Marie l'Escofiante salua Anne de Yamachiche, comme pour rendre hommage à son mérite. Une agitation gagnait l'assemblée. Joachim, toujours fasciné, ne bougeait plus. La flamme faillit s'éteindre, puis se ralluma avec plus d'éclat encore. Avec un visage de souffrance, Joachim baissa les paupières comme s'il s'endormait sur cette vision. Alexis ne cessait de répéter la même phrase latine dans l'espoir de réveiller Joachim: «*Et spiritu tuo.*» Joachim ne sortit de son rêve que lorsqu'il entendit les femmes crier. Son fils venait de tomber par terre, inconscient.

Lucienne accourut au secours de l'enfant.

— Mais il ne mange pas, cet enfant-là. Faites-le manger!

Il était vrai qu'Alexis ne mangeait pas souvent à sa faim. La veille, Lucienne lui avait donné du pain. Mais un curieux animal, ressemblant au «muska» qui vit dans l'eau, s'était faufilé dans la cabane pendant la nuit et avait dévoré le pain avec l'aide de deux ou trois congénères. La bête était rusée, désagréable et même un peu menaçante, car elle envahissait le territoire privé des humains, comme une grosse souris. Alexis avait essayé de l'attraper, mais Joachim lui avait conseillé de renoncer: seul un chat viendrait à bout du rat d'Europe.

Après la messe, les femmes parlèrent de ce problème, mais aussi de bien d'autres choses. Murmures, rumeurs, cancans, bavardages: Joachim devenait le centre des conversations, la cible des ragots et l'objet de secrètes espérances.

Au sortir de l'église, les femmes se regroupèrent sur la place du village. Les activités coutumières du dimanche retardaient la dispersion des paroissiennes. Aurélie, la forgeronne, ouvrit les portes d'une redoute. Nicholas en sortit des mousquets et les apporta au manège tout près. Sous l'œil de Magoua, il initiait une petite troupe de garçons au maniement des armes.

Alexis s'approcha du groupe. Lucienne lui avait donné des biscuits de l'armée qu'il avala en quelques secondes.

Nicholas le considéra un instant. Ce métis savait-il se battre?

— Est-ce que tu sais tirer?

Alexis prit un fusil, visa une cible et l'atteignit. Pour savoir s'il s'agissait seulement d'un coup chanceux, on le fit recommencer. Alexis prit un autre fusil et fit mouche à nouveau. Il réussit encore au troisième et au quatrième essai, ce qui émerveilla les témoins. Magoua en éprouva une grande fierté pour sa race et demanda:

— Fameux, qui t'a appris?

— Mon père.

— Il t'a bien montré.

Aurélie, la forgeronne, s'inquiétait de l'inventaire de la redoute. Elle en fit part à la seigneuresse.

— Madame, nous devrions ménager la poudre, ne pas la gaspiller pour l'instruction. Les armées en manquent déjà à Québec. Il faut compter la dépense.

— Dans toute la Nouvelle-France, il n'y a que vous qui ménagez, Aurélie. Mais peut-être avez-vous raison?

Joachim sortit de l'église, aussitôt entouré par quelques femmes. Il sourit à Amélie-Ange, la femme du pêcheur, mais ne s'attarda pas. Il salua distraitement Isabelle et Marie l'Escofiante qui faisait danser son ours pour l'amusement des badauds. Joachim s'engagea sur la place, à la recherche d'Anne qu'il rejoignit. Ce n'est qu'avec une certaine hésitation que la seigneuresse lui rendit son salut.

Devinant les enjeux, Lucienne serra le bras de Marie l'Escofiante.

— Il nous cache bien des choses, ce petit prêtre. Beaucoup plus que je ne saurais deviner. Il dit sa messe un peu vite. Dis-moi, tu es allée le voir. Est-ce que je me suis trompée sur lui?

— Sorcière, tu disais vrai. C'est l'homme de ta prédiction. Mais tu prédis à moitié, déjà il me délaisse.

— Ah, parce qu'il devrait être à toi?

— Le jour, c'est la seigneuresse qui règne. Mais la nuit, il n'y a plus de mari, plus de prêtre, il n'y a que des amants. La nuit, c'est moi la reine! Il sera à moi!

Au manège, les fusils s'étaient tus, tous regardaient Joachim aborder la seigneuresse. L'envie dormait sous le silence calme des villageoises. Tous deux mal à l'aise, Anne et Joachim savaient que leur commune attirance était visible pour la foule. Les convenances commandaient de se couvrir du manteau de la discrétion, mais ils n'arrivaient pas à dissimuler leur émoi ni à détourner les yeux. Subjugué, Joachim réussit néanmoins à reprendre une contenance.

— Madame, pendant la communion, vous avez perdu cette étoffe.

Elle prit son voile noir de veuve, le remit sur sa tête sans pourtant recouvrir son visage.

— J'ai prié pour vous, madame, pour que s'atténue votre souffrance. Vous souffrez encore beaucoup?

— Déjà moins. Votre présence est un réconfort... Mais en même temps...

— Un embarras?

— Voyez, monsieur, comme on nous observe. Vous avez une façon d'être... On se demande qui vous êtes vraiment.

Anne se méfiait donc. De l'homme ou du prêtre? Que répondre devant tous ces gens? En même temps, il la trouvait audacieuse. Elle ne respectait pas la nécessaire discrétion. Il dit tout bas:

— Je serai, madame, ce qu'il vous plaira que je sois!

Un étrange silence suivit, semblable à celui qui accompagne l'acte amoureux lorsque les amants retiennent la plainte qui trahirait leur secret. Silence qui gagna toute la place, silence cruel qui rendait Marie l'Escofiante malheureuse, silence d'oiseau mort, de chatte endormie, d'âmes inquiètes. Puis peu à peu se firent entendre le trissement de l'hirondelle, la toux de Lucienne et le juron de Magoua.

À ce moment, une bagarre éclata entre Alexis et Nicholas. Ce dernier voulait savoir si le maigrichon connaissait la savate. Alexis ayant avoué son ignorance, l'autre lui fit une démonstration assez provocante. Au début, Alexis se laissa frapper sans répondre, mais Nicholas se moqua de lui et le jeune métis se jeta avec fureur sur le petit maître, le combattant sans merci à la manière indienne. Il le fit saigner du nez, puis lui mordit les oreilles jusqu'à lui faire craindre de les perdre. Surpris, mais surtout effrayé, Nicholas courut se réfugier dans les jupes de sa mère. De le voir pleurer, après qu'il eut provoqué la rixe, la mit en colère. Elle le gifla pour qu'il cessât de pleurer.

Joachim devina que sous ces traits de déesse et cette grandeur d'âme se cachait un orgueil intempestif. Comme Nicholas pleurait encore, sa mère le frappa à nouveau, et le frappa jusqu'à ce qu'il retînt ses larmes.

— Quelle mère guerrière, dit-il à Lucienne qui s'était approchée avec les autres femmes.

Il appela Alexis pour qu'il s'excuse. Ce à quoi l'enfant consentit de mauvaise grâce.

— Laissez-le, dit Anne à Joachim. Il sait vaincre, il n'a pas à baisser le front.

— Au contraire, il est juste qu'il partage le sort de celui qu'il a fait punir... Viens ici, Alexis.

— Quoi, tu veux me corriger? Comme un Français?

Les Indiens du Ouisconsin ne frappaient pas leurs enfants, et Joachim n'avait jamais levé la main sur son fils. Mais Anne avait giflé le sien devant tout le village; elle ne pardonnerait sûrement pas à Joachim d'avoir été obligée de le faire, tandis que ce petit servant de messe, déjà récompensé par sa victoire, s'en tirait sans reproches. Deux civilisations s'affrontaient une nouvelle fois. Deux façons de faire des hommes. Joachim ne croyait plus à l'éducation à la française, mais il admirait encore cette façon de réprimer les pleurs inutiles.

— Il le faut! dit-il à son fils.

Il leva le bras devant un Alexis qui redressait la tête avec morgue, méprisant la douleur.

— Par justice, dit Anne, ne faites pas cela! Il faut respecter les manières apprises. Son esprit est français, mais son cœur est indien. Il ne comprendrait pas.

Heureux d'entendre ces propos, Joachim se détourna d'Alexis.

— Merci, madame.

Ainsi tout s'achevait bien de ce qui avait si bien commencé. Ils évitaient d'empoisonner à sa naissance le lien qui se créait entre eux avec une telle violence!

Lucienne dit à Marie l'Escofiante:

— Habile homme que celui qui brise l'orgueil d'une mère pour son fils. Il peut détourner bien des sentiments.

— Oui, habile homme, répondit Marie l'Escofiante, brûlée par l'envie.

Il semblait toutefois que cela eût offensé quelque puissance infernale, avec la permission de Dieu, peut-être, car le vent se leva brusquement. Le tonnerre gronda, un éclair brilla. Puis surgit du cimetière un fougueux cheval noir qui caracola autour d'Anne et de Joachim, en faisant parade de force et de fureur. Le cheval hennit de façon étrange avant de disparaître en soulevant un nuage de poussière.

Vision saisissante d'une bête remarquable!

— Oh, le coursier fameux, s'exclama Aurélie... Il n'a pas de maître.

— Oui, il a un maître, dit Lucienne, c'est le cheval du diable!

Les femmes, y compris Anne, dévisagèrent le prêtre avec inquiétude. Bouleversé, Joachim restait silencieux. Magoua marcha vers lui avec l'air d'un joueur qui empoche la mise. Il triomphait:

— Je te l'avais dit! C'est l'étalon de Lucifer.

Joachim revoyait une nouvelle fois ce destrier qui hantait les champs de bataille, plongeant ses sabots dans les chairs et les entrailles mêlées à cette boue rouge qui engloutissait les vivants dans le cloaque de la mort. Le cheval s'y délectait, s'y roulait. Il s'abreuvait aux ruisseaux de sang et piaffait de joie. Joachim l'avait aperçu dans sa prime jeunesse. De revoir l'animal ici l'épouvantait. L'ombre de la mort planait sur le village.

Il dit cependant à Magoua:

— Parfois, c'est Dieu qui l'envoie pour accomplir une œuvre. S'il revient, il faut le capturer!

Alexis et Nicholas eurent la même pensée: c'était leur petite guerre qui avait causé cette apparition. Ils se regardaient tout étonnés. Quant à Anne et à Marie l'Escofiante, elles y virent un avertissement provenant des entrailles de la terre où le Chevalier reposait désormais. Demandait-il que le deuil fût mieux respecté?

Lucienne raconta à l'entour cette légende du cheval du diable, harnaché par Dieu pour aider les hommes. On s'en était servi, autrefois, lors de la construction de l'église, pour traîner les énormes pierres qui servaient de fondation. On pourrait l'utiliser encore au besoin. Joachim n'éprouvait pas la même confiance. Il appela Alexis et rentra prier dans l'église. Son inquiétude déplut à Magoua. Pourquoi un si bon prêtre avait-il peur du diable?

Plus loin, sur une élévation, les deux infirmes, l'Eugène et l'Ocle-l'Œil, voyaient leurs pressentiments renforcés et tiraient leurs propres conclusions.

— Il vient de se trahir encore. C'est un suppôt du diable!

— Faut que tu lui fasses son compte, l'Eugène.

— Ouais, c'te soutane du malin, faudrait le renvoyer chez son maître... En enfer!

Ils résolurent de le faire trépasser pour le bien de tous. Ils hésitaient entre la balle dans la tête, l'égorgement, l'épée à travers le corps ou l'humiliante pendaison. Car il n'était pas question de lui donner une mort trop digne. La noyade aussi pouvait être considérée.

La nuit venue, à la lueur des bougies, Joachim trempa sa plume d'oie dans l'encre. Comme il posait la pointe sur le papier, la lumière faiblit. Alexis avait pris l'une des bougies et s'était mis à la manger.

— Hé, ma lumière!

— J'ai faim.

— Faut vraiment être Indien pour aimer le suif comme ça. N'en mange plus, ça coûte cher.

Joachim termina sa lettre et la secoua pour l'assécher. Puis il prit une autre feuille et contempla longuement le dessin qui l'ornait.

— Je demande à l'évêque de me confier la cure de ce village! Serais-tu heureux de vivre ici?

— Oui, j'aime la France!

— Ici, c'est pas la France, la France c'est en vieille France!

— Pourquoi on va pas en vieille France?

Alexis s'approcha de Joachim qui s'attendrissait devant le dessin d'Anne qu'il avait fait la veille.

— Et ma mère, tu la trouvais belle?

— Belle comme la neige...

Joachim mit le dessin au-dessus de la flamme et laissa la feuille se consumer au bout de ses doigts.

— Tu dessines un beau visage, puis tu le brûles! Je comprends pas.

— C'est ce visage qui me brûle!

— Qu'est-ce qui te fait mal? On dirait que tu souffres.

Joachim souffrait-il? Que dire à Alexis? Toute cette furie que la vie portait sous forme de fléaux, de maladies, de haine, de privations, ce n'était rien. Mais un souvenir simplement qui refusait de s'effacer, qui resurgissait d'une blessure qui ne se refermait jamais, là était sa souffrance!

Heure après heure, la blessure était rouverte par le glaive sanglant des sentiments.

Il y avait plus de quinze ans que Joachim croyait avoir endormi sa mémoire en abordant l'Amérique. Quinze années à essayer d'éteindre le feu du cœur, le tumulte des passions. C'était pour cela qu'il était devenu prêtre. En vain, semblait-il! Et maintenant quelqu'un, une femme, venait d'arracher le pansement qui recouvrait la plaie douloureuse des meurtrissantes amours! Comment expliquer cela à un enfant? Mais peut-être Alexis ne l'était-il plus?

Yamachiche vit passer des contingents de soldats du gouvernement de Montréal et un corps de cavalerie. Une flottille de canots descendit le fleuve, comprenant des troupes composites de guerriers indiens que Magoua n'arrivait pas à reconnaître tous. Des représentants venus d'aussi loin que la république paonise s'étaient joints aux combattants pour respecter leur alliance avec Onontio et partager avec lui la gloire. Ils ne s'arrêtèrent que quelques heures à Yamachiche, assez cependant pour que Lucienne fasse d'enviables profits.

Des bestiaux étaient convoyés en même temps, mais contrairement aux promesses de l'intendant, aucune bête ne fut laissée pour remplacer celles que Yamachiche avait déjà fournies. Plutôt, on vida les prés d'embouche et les étables de ce qui restait encore des troupeaux.

Parmi les Indiens, d'aucuns reconnurent Joachim et l'invitèrent à venir combattre encore une fois avec eux. Il leur répondit qu'il ne pouvait le faire, du moins pour l'heure.

Dans la troupe, une rumeur passant de la langue illinoise à la basque, à la gasconne et à la française, faisait de Joachim à la fois un dieu des batailles et un prêtre maudit retombé en sainteté, puis à nouveau maudit.

De cette histoire, l'Eugène et l'Ocle-l'Œil, qui prétendaient connaître toutes ces langues, ne gardèrent que le pire et y ajoutèrent des détails qui firent dire à Magoua que leur parole était du jus de serpent et de la vomissure de chien.

Joachim ne s'en souciait guère. Quoique, «fornicateur de bête sauvage, serviteur du diable», les derniers propos rapportés par Magoua l'assombrirent un peu.

Mais, ce matin-là, il ne pensait plus qu'à la lettre qu'il enverrait par le courrier de l'évêque. Une requête qui déciderait de sa vie! Après la messe, il prit le sentier qui longeait la rivière jusqu'au lac Saint-Pierre. Contrairement à la petite rivière qui traversait le village, guéable et peu menaçante, la Yamachiche était navigable une partie de l'année. Ces deux sœurs, qui serpentaient en parallèle, s'étaient disputées l'honneur des premiers peuplements. Mais les inondations et d'énormes vagues déferlantes venant du fleuve avaient chassé les habitants des rives de la grande Yamachiche et repoussé le village à une lieue dans les terres. Là où Joachim croyait voir une carcasse de navire échoué, une maison entière avait dérivé pour s'embosser dans le fleuve, telle une frégate démâtée. En s'approchant du lac Saint-Pierre, Joachim se rendit compte de ce curieux trompe-l'œil.

Hormis ces excès d'une nature en furie, la rivière ressemblait à celles de son enfance, en Europe: calme, champêtre, habillée de vignes indigènes qui portaient de gros fruits. Les cerisiers se laissaient tranquillement dominer par les frênes qui formaient des allées. Il ne manquait que des bateleurs et des trouvères y chantant d'antiques romances.

Joachim atteignit le quai au confluent de la Yamachiche et du fleuve Saint-Laurent. Il était tôt. Un peu de brume recouvrait les eaux. Quelques embarcations étaient amarrées et Joachim reconnut le vieux marin qui l'avait amené depuis Montréal. Sa barque était tout près de celle d'Amélie-Ange qui préparait ses filets pour la pêche. Joachim remit sa lettre au vieil homme.

— C'est une lettre pour l'évêque. C'est trop risqué?

— Si je péris pas, il la reçoit dans la semaine. Du moins s'il est vivant! L'Angleterre a réuni à Québec la marine de trois continents. On bombarde la ville jour et nuitt. C'est un enfer, personne a jamais vu ça! Mille bombes tombent à chaque heure. On sort les blessés à pleines charrettes. J'en ai transporté toute la semaine à l'Hôtel-Dieu. La ville brûle! Mais pas juste la ville, toute la campagne, jusqu'en Gaspésie, à ce qu'on dit! Jusqu'à l'océan Atlantique!

Joachim essayait de se figurer la chose. Il n'avait vu ni en Europe ni en Amérique de ville rasée. Les Anglais possédaient de l'artillerie d'un calibre nouveau qui pouvait franchir toute la largeur du fleuve et atteindre n'importe quelle église ou habitation en dedans des murailles. Et pourtant Québec était bâtie sur un promontoire! Pour la première fois aussi, on bombardait la population pour la détruire comme au temps de Gengis Khan alors que les habitants des cités étaient passés au fil de l'épée.

Joachim se demandait quel raisonnement politique sous-tendait cette stratégie qui ne procurait aucun avantage militaire, mais occasionnait des souffrances innombrables et inutiles. Il se dit que les Anglais ne mériteraient jamais de gagner cette guerre.

Le vieux marin, continuant sa description, ajouta que les ursulines avaient perdu plusieurs de leurs couventines, que le séminaire était troué comme un fromage, que le palais du gouverneur avait brûlé, mais qu'une boulangère avait retrouvé une armure en or sous sa cave creusée par les bombes. Joachim se surprit à sourire, un court instant. Puis il demanda:

— Il paraît que Niagara est assiégé?

— Niagara, et aussi tous les forts de l'Ohio. La Nouvelle-France est coupée en trois. On ne peut plus rejoindre ni Détroit à l'ouest ni la Louisiane au sud. Les Anglais occupent le lac Champlain. Ils nous attaquent de tous côtés. Les renforts de Montréal vont retourner chez eux demain. Ils sont venus pour rien.

Amélie-Ange dressa la tête, écoutant avec inquiétude le récit du marin. Quand Joachim surprit son regard, la jeune femme baissa les yeux et retourna à ses filets.

Joachim détacha les amarres. La barque s'éloigna, les voiles gonflées de vent. Tout en recommandant le vieillard à Dieu, Joachim prêtait l'oreille au bruit de canonnade qui ne cessait jamais. Il s'étonnait qu'on entende de si loin, Québec étant à cinq jours de marche! Les eaux du fleuve portaient les sons comme la peau d'un tambour et c'est par temps calme qu'on percevait les échos de la guerre.

Amélie-Ange essayait de hisser sa voile. Elle éprouvait un peu de difficulté. Joachim s'approcha d'elle.

— Et il n'y a personne pour vous hisser la voile?

— Non, il n'y a que les poissons et ils n'ont pas de main.

— Ah! En ce cas...

Il monta dans la barque. Elle sourit.

Au large, la barque dérivait sur la grande étendue calme du fleuve. Joachim et Amélie-Ange remontaient les filets qui débordaient de poissons. Il avait retiré ses souliers de bœuf et remonté sa soutane jusqu'à mi-cuisse, comme la fille l'avait fait de sa jupe. Leurs pieds glissaient sur la chair des poissons qui se débattaient au fond de l'embarcation.

— Attention au filet, mon père, vous l'accrochez! J'en ai perdu deux cette semaine à cause des barques anglaises qui rôdent. Ils ont tiré sur moi. J'vous jure, ils veulent nous réduire à la famine.

— Il faudrait les surprendre, se cacher dans les bois et les nourrir d'un feu de guerre et...

Amélie-Ange perdit pied et Joachim la retint en l'attrapant par les hanches. Sans mot dire, elle regarda Joachim dans les yeux. Elle se sentait une audace inhabituelle. Le prêtre se rendit compte de l'émoi que ses mains secourables avaient causé; il retira ses mains et reprit le filet. Amélie-Ange continuait à le fixer.

— Et votre mari, il est avec les autres?

— Il se bat, canonnier du Roi de France, sur les batteries flottantes. Il...

Les mots lui restaient dans la gorge. Elle n'arrivait plus à parler. Ses yeux se mouillèrent! Joachim lui essuya une larme.

— Ça fait longtemps... soupira-t-elle.

Et ce soupir éveillait le chagrin. Joachim reconnaissait le désarroi humain, la plainte universelle qui appelle la consolation. Tout naturellement, ils s'enlacèrent. Ils disparurent au fond de la barque où ils restèrent unis dans une étreinte si tendre et si douce que Joachim se demanda s'il était encore en ce monde? Délicatement, il déposa un baiser sur la joue d'Amélie-Ange. Elle répondit en le serrant plus fort, lui enfonçant les ongles dans la chair comme si elle s'agrippait pour ne pas sombrer dans l'abîme.

Joachim ressentait un sentiment indéfinissable, une sorte d'amour qui lui apparaissait pur.

Un même souvenir douloureux les soudait l'un à l'autre. Nul besoin de paroles pour se comprendre. Amélie-Ange se glissait dans les bras de Joachim comme dans ceux de l'enfance. Il retint ses gestes et son désir. Il voulait goûter lui aussi ce réconfort tout simple de l'homme et de la femme redevenant des enfants qui se laissent bercer.

Pour l'heure, le péché se faisait grâce. Mais arriverait un point où ils sortiraient de cet état béni. Même en résistant de toutes leurs forces, pouvaient-ils éviter de franchir la frontière d'un monde impur? Et si dans le souffle du prêtre, c'était son mari, le marinier, qu'Amélie-Ange essayait de retrouver? Et si, à travers l'homme de Dieu, on pouvait communier avec les âmes lointaines! D'une certaine façon, Joachim obéissait à une loi tacite de l'Église, règle qu'il aurait été bien en peine d'expliquer à La Bruguière! L'inconfort de Joachim ne venait pas tant de ses vœux de prêtre que de l'image d'une autre femme gravée en lui, ce visage qu'il avait dessiné. Peut-être à cause de cela, Joachim et la jeune femme restèrent chastes, se contentant du réconfort humain!

D'autres croyaient le contraire.

Depuis sa charrette, arrêtée sur la rive, l'Eugène observait le fleuve où se balançait la barque apparemment sans passagers. L'Ocle-l'Œil attendait debout, les pieds dans l'eau.

— Tu les vois?

— Je les vois pas... Tu comprends pourquoi?

— Ah!... Je vois!

L'Ocle-l'Œil rejoignit l'Eugène. Ils n'avaient besoin ni de juges ni de condamnation, Joachim s'était condamné lui-même.

Assis sur les marches de l'église, Alexis sculptait un petit cheval en bois. Une ombre le couvrit tout à coup. Il leva les yeux. Se découpant en silhouette devant le soleil, Joachim brandissait avec fierté, tel un trophée, un monstrueux esturgeon. Alexis sauta de joie.

— C'est pour nous?

— Non, pour la seigneuresse. Es-tu content d'aller au manoir?

Alexis sentit ses entrailles se tordre comme si on lui extirpait la vie. Il vivait une déception à la mesure du festin colossal qu'il avait anticipé. Maintenant, il ne lui restait que l'envie, mais c'était assez pour le nourrir un peu, tellement cette capture était prodigieuse.

Marie l'Escofiante et son ours arrivèrent en sautillant. Convoitant l'irrésistible repas, l'ours tourna autour de Joachim. Alexis, qui n'avait pas abandonné tout espoir, s'interposa entre l'ours et son père qui se dérobait comme il pouvait. Marie l'Escofiante se moqua gentiment de Joachim:

— Oh le beau poisson! Mais c'est triste, il n'est plus dans l'eau. Qui va le pêcher maintenant? Elle était plutôt gaie, cette pêche.

Elle s'enfuit aussi promptement qu'elle était apparue, suivie de son ours qui n'avait renoncé à sa proie que pour un morceau de sucre de contrebande. Elle lança de loin:

— Attention à mes filets! Moi, je n'attrape que des cœurs.

Joachim s'aperçut qu'il y avait beaucoup de monde dehors depuis quelques minutes. Lucienne lui fit un beau sourire, ce qui le froissa, car il y décelait un peu d'ironie.

— Qu'est-ce qu'elle a, ma pêche? Elle intéresse bien du monde!

— Elle est miraculeuse!... Elle donne envie de croquer.

Il haussa les épaules, puis promena son regard sur les femmes qui musardaient devant leur porte.

— Allez, dépêche-toi, Alexis. Partons avant qu'elles nous dévorent.

À la sortie du village, Joachim et Alexis dépassèrent une maisonnette à toit de chaume et minuscules dépendances, qui jouxtait l'étroit chemin. En entendant des chants et des rires, le prêtre ralentit, puis revint sur ses pas. Il crut reconnaître la voix de Marie l'Escofiante. En effet, elle sortit et l'interpella:

— Partageons ensemble, mon bon père, moi, ce que je n'ai pas et vous, ce que vous avez!

Isabelle, la musicienne, se montra le bout du nez. Elle s'appuya contre le chambranle de la porte.

— Nous sommes deux orphelines qui habitons ensemble depuis que notre père est mort. Et on n'a plus rien à manger depuis que les armées sont venues provisionner. Ça fait qu'on chante!

— Tu as faim? Joli mensonge! Je vois dans ton champ du beau blé, des patates et des petits pois.

— Mais tout est vert. Le vieux blé est parti avec l'armée!

— Menterie pour me prendre mon poisson. Tiens-le bien, Alexis.

Joachim tendit l'esturgeon à son fils qui le serra précieusement contre lui. Joachim s'inquiétait un peu, craignant que ne revienne le gros ourson, car il n'avait pas de sucre à lui donner.

— Cette prise n'est pas à moi, je vous jure!

— Et où il va, ce poisson?

Alexis répondit d'un air triomphant:

— Chez Anne, la seigneuresse!

Marie l'Escofiante montra une moue de dépit, rentra avec Isabelle et referma derrière elles. Peiné de la déception qu'il causait, Joachim resta un moment à fixer la porte. À l'intérieur, Isabelle jouait de sa vielle à roue. Pourquoi s'attardait-il là? Mais qu'espérait-il donc? À chaque rencontre, Marie l'Escofiante lui arrachait des morceaux de son âme. Alexis, lui, aurait voulu s'éloigner au plus vite. Soudain, la porte s'ouvrit pour se refermer aussitôt que l'ours fut dehors. Furieuse contre Joachim, Marie l'Escofiante avait lâché sa bête qui, affamée, se dressa sur ses pattes, grogna pour revendiquer son dû. L'ours s'avançait vers Joachim qui serra les poings, prêt au pugilat.

Un homme, que craignait l'ours, marchait vers eux. Magoua vociféra trois jurons et le martin renonça, se contentant de sa pâtée qu'il retrouva près d'une niche construite à sa taille.

— On dirait que les ours ne t'aiment pas, fit Magoua.

— Ni les ours ni les loups.

— Et ceux-là non plus, dit-il en désignant, au détour de la route, l'aveugle et le cul-de-jatte dans la charrette à chien. Ce sont deux tueurs renommés. On dirait qu'ils veulent étriper notre bon prêtre. Je les garde à l'œil, mais ils te guettent mieux que moi, je ne les guette.

Bardés d'armes comme des gladiateurs, ils semblaient attendre Joachim. Une lance garnie de chevelures anglaises pointait vers le ciel.

— Ce sont deux frères de douze autres frères, dit Magoua, et toi, Joachim, tu es le renard au milieu du poulailler. Si tu veux rester en vie, tu dois éviter les femmes sans hommes.

— Mais elles sont toutes sans hommes. Et puis, de quoi parles-tu? Je suis prêtre, non?

— Je sais... Mais la soutane a fait cocus bien des soldats, c'est connu! Si ceux-là te surprennent...

Et il passa l'index devant son cou, mimant l'action de la lame qui ouvre l'artère.

— Que veux-tu? reprit-il. La guerre les a rendus fous!

Joachim ne répondit rien. Il trouvait que les «fausses» nouvelles allaient un peu vite. Les allusions, l'hostilité des gens, de Marie l'Escofiante et même d'un ours, c'était déjà trop pour qu'il soit besoin d'y ajouter des remarques aussi directes que celles de Magoua. Il se demanda si La Bruguière n'avait pas prévenu quelques fidèles à Yamachiche. Peut-être Magoua, mais, à la réflexion, préférablement les deux coupe-jarrets. Ignorant l'avis de son nouvel ami, Joachim repartit avec son poisson. Il alla vers les deux miliciens, pressé de forcer le respect.

— Viens, Alexis. Il est temps de montrer qui nous sommes.

Magoua le regardait s'avancer vers ses ennemis. Il le trouvait bien léger d'exciter la rancœur des hommes. Car si ceux-là étaient qui aveugle, qui estropié, point n'étaient doucereux du cœur! L'Eugène avait tué son dixième homme à vingt ans. Il avait fait les longues courses dans les bois, subissant son cortège de misère. Soumis tout jeune à la torture, il avait appris à trancher des gorges en s'évadant. Avec des amis indiens, il avait bu le sang de l'ennemi et arraché les tripes d'un Anglais pour les lancer sur la troupe adverse. Son corps mutilé et amoindri ne l'avait rendu que plus féroce.

L'autre, l'aveugle, était arrivé d'Acadie avec des exilés qui moururent de la vérole. Sa famille décimée, il ne rêvait que de vengeance et partout se portait le premier au-devant de l'ennemi. Il était le courage fait homme, une redoutable machine de guerre. Même aveugle, il savait comment amener l'ennemi sur le chemin du trépas.

Offensés, ils sauraient bien redevenir les guerriers sanguinaires qu'ils avaient été. Or Joachim les injuriait.

Simplement parce qu'il avait l'air heureux et qu'il avait pris, sans en avoir le droit, ce qu'eux-mêmes ne pourraient jamais espérer. Si le prêtre avait peiné Marie l'Escofiante, à eux, il avait arraché la raison.

L'Eugène et l'Ocle-l'Œil montrèrent un air féroce quand le prêtre s'approcha d'eux. Prêts à en découdre, avec chacun huit poignards à sa ceinture, ils connaissaient le rituel des rixes mortelles. Lorsque Joachim arriva à sa hauteur, le cul-de-jatte agita sa lance ornée de scalps et lui barra la route. Il fit japper le chien qui tirait sa voiture, l'excita au combat. Aussi terrible que la bête, les yeux furieux comme ceux du loup en bataille, Joachim lança:

— Fais taire ton roquet!

Impressionnée, la bête se tut. Le prêtre et le servant de messe continuèrent dignement leur route.

— La jalousie des hommes, je la supporte. Mais celle des chiens!

L'Eugène et l'Ocle-l'Œil le laissèrent s'éloigner. Un doute les effleura. Joachim n'avait point réagi comme un lâche, mais comme un Templier, un prêtre de croisade! Peut-être était-il des leurs, après tout. Un bref instant, ils l'admirèrent.

Au sortir d'un boisé, Joachim et Alexis débouchèrent sur un vallon fleuri de marguerites et dominé par un imposant manoir au crépi blanc qui gardait pourtant un peu de la rusticité des maisons paysannes. Entouré de jardins, il se distinguait par un mât où flottait le drapeau de la France.

Devant sa demeure, Anne s'affairait à teindre des draps de serge pendant que des femmes astiquaient de vieux fusils. Dans un atelier ouvert, d'autres femmes coulaient des balles de plomb. Joachim constata que toutes les activités de la seigneurie n'avaient d'autre but que la fourniture et l'approvisionnement des armées. Tradition de famille, semblait-il! Joachim avait appris qu'Anne était apparentée par son père au défunt sieur de Grosbois, le célèbre gouverneur de Trois-Rivières. Par alliance, elle était cousine du gouverneur général de Québec et de la Nouvelle-France, le sieur de Vaudreuil. Grâce à ces relations, elle pouvait, comme les anciennes familles du pays, retenir une partie du négoce accaparé par la bande de l'intendant Bigot, favori des métropolitains auprès du Roi.

Outre les redevances de ses censitaires, ses contrats de l'armée et ses rentes particulières, la seigneuresse possédait des privilèges de traite et d'expédition qui expliquaient la dispense accordée à Magoua. Il assurait pour elle la liaison avec les traitants de Trois-Rivières et surtout avec les intermédiaires abénaquis. Par contrebande, Anne avait réussi à acheter dans la colonie de New York des armes qui servaient aujourd'hui à se battre contre l'Angleterre et ce même New York.

À l'est de la seigneurie, une forêt domaniale recouvrait une partie des gisements de sable ferrugineux qui alimentaient la fonderie des Trois-Rivières. Mais pour l'heure, la seigneurie voisine de Tonnancourt suffisait à l'exploitation du fer pour les hauts fourneaux. Avec son défunt mari, Anne avait aussi équipé quelques navires marchands pour le commerce avec les Caraïbes, mais la guerre avait ruiné cette entreprise. Elle possédait aussi un moulin à scie, mû par la force hydraulique, qui n'était plus en opération depuis deux ans, faute d'ouvriers.

Anne eut une expression de surprise en apercevant Joachim. Elle remit sa coiffe de dentelle. Elle semblait ravie. Paradoxalement, ce prêtre, qui savait tout d'elle, lui restait mystérieux par ses origines. Il parlait comme un gentilhomme, ses manières révélant une éducation raffinée, pourtant, il était tatoué comme les coureurs de bois et avait le menton glabre comme celui d'un sachem. On parlait de lui comme d'un fils adoptif des plus sauvages nations de l'Ouest. Son regard brûlait comme brûle le charbon ardent des feux chamaniques. Il pouvait envoûter, elle le sentait bien. D'ailleurs, ne l'était-elle pas déjà?

Joachim s'approcha d'elle avec respect, mais presque aussitôt le naturel revint et il la dévisagea comme l'amant retrouvant sa fiancée. Il s'émerveilla devant la pureté de ses traits qu'il prenait, avec insolence, le temps d'étudier.

— Vous êtes si belle, madame... Je vous apporte un poisson.

— Parce que je suis belle?

— Oui, madame.

— Et bien nous le mangerons!

Elle laissa draps et teinture pour prendre l'esturgeon des mains d'Alexis. Puis elle se dirigea vers le manoir, Joachim marchant à ses côtés, léger d'allégresse.

— Vous ne portez plus le deuil?

— Vous allez me gronder! Je vous scandalise?

— Non, mais non! Le deuil excessif au contraire est une faute. Surtout ici! Louis XIV s'y opposait. La Nouvelle-France est trop jeune, il lui faut se nourrir de la vie.

— C'est que j'essaie de donner l'exemple d'un bon moral.

— Alors, vous avez bien raison!

— Mon père, j'ai une fille au berceau qui n'a pas encore un an. Voudriez-vous la bénir?

En ouvrant la porte, Anne appela la nourrice.

— Simone!

Joachim et son fils pénétraient dans un monde bien différent de tout ce qu'ils avaient vu dans le village: boiseries et meubles vernis, faïences, tableaux, fauteuils de style, draperies d'Orient, rideaux en brocart de Venise, coffre de jade, vaisseaux d'argent, horloge de Hollande, poupées de verre. Devant une boîte à musique, Alexis, intimidé, s'essuya les mains sur sa soutane de peur de salir cette merveille. Joachim regardait, avec une admiration empreinte de nostalgie, cette demeure qui lui rappelait l'Europe.

Nicholas, le petit seigneur, s'exerçait à quelques bottes et parades avec l'épée de son défunt père. Quand il aperçut Alexis, il devint cramoisi et, sans réfléchir, il lui lança son épée. D'instinct, Alexis l'évita et la lame se planta dans la porte. Nicholas comprit qu'il venait de faire la bêtise de sa vie. Anne garda son calme.

— Pardonnez-lui, mon père, il a le caractère prompt!

— Ce n'est pas un défaut.

Anne arracha l'épée et la déposa sur la table près de l'esturgeon, avant de tirer une carafe de vin d'une armoire. Humilié par cette froide réaction, Nicholas sortit en claquant la porte.

— Je devrais le punir, mais il faut qu'il comprenne par lui-même. Il doit chasser la haine de son cœur pour y faire place au courage.

— C'est l'esprit moral qui vous habite, madame. Vous êtes une bonne mère!

— Du vin, monsieur?

Anne servit Alexis qui s'étouffa sur-le-champ. Joachim l'excusa.

— Il fume beaucoup, mais il ne boit pas souvent de vin.

— Pas autant que toi, en tout cas! ajouta Alexis.

Anne redonna du bordeaux à Alexis qui semblait y prendre goût. Joachim buvait avec plus de discrétion.

— Cet enfant vous tutoie! s'étonna Anne.

— Pardon?

— Oui, il vous tutoie, comme un boucanier!

— Les Indiens me tutoient. Il doit être plus Indien que Blanc!

— Si son père était le roi des ivrognes, il devait le tutoyer aussi!

— Son père était un excellent homme et sa mère, une grande chrétienne. Elle voulait que j'instruise cet enfant pour qu'il devienne meilleur que tous les Français. Et il le sera, madame! Mais il ne peut, hélas, me vouvoyer, car sa mère lui a d'abord appris qu'il n'y a personne au-dessus de lui.

— Pas même Dieu?

— En tout cas, pas les prêtres!

— Fort bien répondu! fit Anne en souriant.

Une Indienne paonise, jeune fille timide à la robe ornée de wampums, entra dans la pièce, portant une enfant. En voyant Joachim, elle s'arrêta, le fixant avec incrédulité.

— Joachim, père Joachim! Tu te souviens de moi? À Chicago! C'est toi qui m'as baptisée avec ton eau bénite!

Pour son malheur, Joachim la reconnut: Simone Ninashtoët. Catastrophe! Malédiction! Cette malheureuse prostituée du fort Chicago appartenait à un chef Oneida qui la louait, façon de relancer son commerce d'esclaves. Joachim l'avait achetée pour la soustraire à sa condition et l'avait ensuite confiée aux jésuites afin qu'ils la ramènent chez les siens. Que faisait-elle donc ici? Les messieurs de la Compagnie de Jésus l'avaient probablement remise aux ursulines qui l'avaient gardée dans les peuplements français. Si le bon Dieu l'avait sortie de la débauche, quel diable pouvait bien l'avoir amenée ici?

Elle s'approcha du prêtre, lui toucha la main. Il fit mine de ne pas se souvenir. Alexis restait figé sur place.

— Alexis, Haron Hyaie, le Gardien-du-feu! dit la Paonise. Ton fils, Joachim! Toi et ton fils ensemble, ici!

N'en croyant pas ses oreilles, Anne s'exclama:

— Votre fils?

— Un fils spirituel, mentit Joachim qui s'était préparé à cette éventualité. Il veut devenir prêtre... Mais c'est vrai qu'Alexis me ressemble au physique...

L'air songeur, Anne remplit à nouveau le verre d'Alexis qui le but aussitôt. Simone, insouciante de l'embarras qu'elle causait, présenta l'enfant de la seigneuresse à Joachim. Il prit la petite fille dans ses bras, lui chatouilla le menton avant de la bénir.

— Quel beau trésor! Elle est plus belle que l'enfant Jésus.

— Elle s'appelle Ève, répondit Simone.

Anne, un peu choquée, reprit l'enfant à Joachim, puis la redonna à la nourrice en lui disant de sortir. Simone protesta quelque peu, mais devant l'impatience de sa maîtresse, elle préféra se soumettre.

— Comment connaissez-vous ma nourrice? dit Anne. Elle parlait de votre fils!

Joachim cherchait une esquive. Il cria à Alexis d'arrêter de boire. Nicholas qui observait la scène par la fenêtre, l'air narquois, fit signe à Alexis de venir se battre. Alexis partit en courant. Sans le vouloir, Nicholas le sauvait d'un bien mauvais pas. Comme l'air était lourd dans cette maison! De son côté, Joachim était soulagé de voir décamper Alexis.

— Il a faim, il a soif, c'est humain! dit Joachim. Même les prêtres sont humains.

La seigneuresse et lui étaient face à face, seuls pour la première fois de leur vie! Et il fallait que ce fût dans les circonstances les plus humiliantes pour tous deux. Joachim s'attendait à devoir répondre à des questions très directes. Une femme de ce rang ne supporterait pas le scandale dans son village. Mais Anne était plus intriguée qu'indignée.

En prenant ses distances, elle dit:

— Oui, je sais, même les prêtres!

— Madame, j'ignore ce que je fais ici!

— Vous m'apportiez un poisson.

— Madame, il faut que je vous dise: je n'ai pas toujours fait une bonne vie ni été un bon missionnaire, mais j'essaie aujourd'hui de retrouver la grâce! Je ne suis pas un prêtre méprisable, même s'il m'est arrivé d'être faible...

Joachim fixa Anne dans les yeux. Quoique déroutée par cet aveu, elle n'en laissait rien paraître. Elle devina la suite:

— Vis-à-vis... des femmes...

— Vis-à-vis de leur beauté! Uniquement la beauté! Mais elle est si rare!

Joachim devint ténébreux, plongé dans un magma d'images et de sensations anciennes, souvenirs heureux enfouis sous la douleur! Il ajouta:

— La beauté humaine n'est-elle pas comme la lumière de Dieu, effrayante et mystérieuse? La grandeur du monde. Et pourtant, je suis comme Orphée descendu aux Enfers, je dois éviter le regard d'Eurydice, de l'être exquis. Celui qui me rappelle le grand amour de ma vie.

— L'amour, à présent!

— Peut-être, en effet, convient-il de parler poisson...

— Ou plutôt diable, chevaux, enfer! Tout ce qui survient le dimanche après la messe, depuis votre arrivée ici.

— Je vous fais peur, madame? Je puis encore parler de Dieu. Je reste prêtre malgré tout.

Anne conservait le poisson, mais elle ne renouvela pas son invitation à manger ensemble. Ni l'un ni l'autre n'arrivaient à dissiper le malaise. Au lieu de chasser Joachim, Anne l'avait écouté d'une oreille complaisante. Et lui, au lieu de s'éloigner, s'était rapproché jusque dans la confidence intime. Tous deux ressentaient une sorte de crainte, peut-être causée par le désir, l'impression que soufflait vers eux le feu des forges infernales. Joachim aurait voulu la mettre en garde contre lui-même, lui avouer la vérité. Cette sorte de courage lui manquait. Ce jour-là, ils se séparèrent, aussitôt habités par le regret de ne plus être ensemble, lui, le roi des ivrognes, et elle, la veuve mal endeuillée!

Dehors, Alexis fumait tranquillement la pipe avec Nicholas. Ils devisaient et riaient comme s'ils avaient toujours été compagnons de jeu. Quelques jours plus tôt, ils étaient à se battre, pour quelle mauvaise raison d'ailleurs! Maintenant, Nicholas montrait à Alexis comment tenir l'épée et Alexis lui laissait fumer son tabac. Ils jouaient à ne plus jouer, faisaient semblant d'être des hommes. Comme tout était simple pour les enfants!

Joachim appela son fils qui ne voulait plus partir. Joachim aussi aurait souhaité rester, mais il se trouvait déjà content de ne pas avoir été chassé à coups de balai.

Sur le chemin des Petites-Terres, Joachim retrouva de sa gaieté. Sa visite aurait pu être un désastre. Il devinait qu'il avait au contraire fait bonne impression sur une femme au caractère fort.

Comme prêtre, il ne méritait point l'admiration, mais au moins il apparaissait différent, peu ordinaire. Peut-être arriverait-il à se faire pardonner un certain passé? Il songea alors aux circonstances de sa pêche matinale. Il lui faudrait renoncer à cette façon d'attraper du poisson. Il s'effraya de sa propre légèreté. Pas à cause de la promesse faite à La Bruguière, mais parce qu'Anne suscitait chez lui un sentiment de respect.

Un peu gris, Alexis lui rappela que la vie n'était pas si compliquée:

— Je comprends, Joachim, comment tu peux rester si longtemps sans manger. Le secret, c'est le vin!

Joachim l'embrassa et le serra contre lui.

— Tu es heureux, Alexis?

— Tu as bien fait d'apporter le poisson.

— Tu vois, la vie, c'est tout simple! Il suffit de l'aimer, pourquoi l'avais-je oublié?

Et ils dansèrent de joie sur la route. Le boisé majestueux qu'ils traversaient rappelait à Joachim certaines forêts de France, lieux de ses premiers émois amoureux. Il lui remontait aux narines des parfums de sa jeunesse. Depuis son arrivée en Amérique, il n'avait connu que périls, durs voyages, longs hivers de souffrances. Il avait vécu au milieu des Sauvages, des trafiquants et des loups. Il avait confessé des assassins, secouru des diables décharnés, consolé des veuves, nourri des enfants. Une flèche, un jour, lui avait traversé l'oreille. La même année, les ongles lui avaient été arrachés par une tribu hostile.

Les tempêtes, le froid, les feux ardents de sa vie tumultueuse dans les pays d'en haut, avaient empêché le retour de ces doux souvenirs qui se pressaient aujourd'hui dans sa mémoire. La présence d'Anne les avait éveillés, et la campagne de Yamachiche prenait des allures de la verte et tendre Normandie.

L'exaltation de Joachim était telle qu'il embrassa un arbre.

C'est alors qu'il entendit un bruit déjà connu: la voiturette de l'Eugène. Le saint-bernard tirait son maître de part et d'autre du chemin, en un mouvement incessant qui servait à neutraliser un possible tireur. L'Eugène portait deux pistolets à sa ceinture et un fusil dans chaque main. Joachim dit à Alexis:

— Reste un peu derrière.

Alexis, méfiant lui aussi, disparut dans les bois et marcha sous le couvert du feuillage. Joachim reprit sa route, avec moins d'allant, regardant aux alentours, car il se demandait pourquoi l'Ocle-l'Œil n'accompagnait pas l'Eugène. Il s'approcha à portée de voix.

— Tu es trop heureux, Joachim. Tu portes la soutane et pourtant tu devrais pas, tu la déshonores, dit l'Eugène en pointant un fusil dans sa direction.

— J'ai bien envie de te tordre le cou. Mais avant, je voudrais savoir si tu as un grief contre moi ou si tu es réellement fou!

— Tu le sauras bien!

L'Eugène sourit et regarda l'Ocle-l'Œil derrière le prêtre. Joachim voulut se tourner dans cette direction, mais, au même instant, une vive douleur à la tête le plongea dans l'obscurité. Il vacilla, tomba à genoux, à moitié assommé par un coup à la nuque.

— Je pense que je l'ai eu! dit l'Ocle-l'Œil qui soudain entendit le cri de guerre d'Alexis.

— Attention à l'autre! dit l'Eugène. Il a l'air malin!

Joachim fit des efforts pour reprendre son équilibre, ouvrit tout grand les yeux pour retrouver au plus vite la vision. Des images floues surgirent, puis se précisèrent.

L'Eugène le tenait en joue avec deux armes à feu tandis que l'aveugle essayait de se défaire d'Alexis qui tentait de le mordre à la gorge ou au visage, ce qui d'habitude ne manquait jamais d'effrayer un adversaire. Mais l'autre d'une poigne solide l'agrippa par les cheveux et le souleva de terre comme un lièvre qu'on met dans un sac. Alexis sentit son cou serré par des mains puissantes comme les mâchoires d'un loup. L'Ocle-l'Œil pouvait le broyer, tel un petit chiot, mais se contenta avec l'habileté d'un chasseur de lui attacher les pieds et les mains, et de le jeter dans un fourré. Se redressant, Joachim fit un pas vers l'aveugle et lui envoya une volée de coups qui le vengeaient bien.

— Toi, t'es chanceux d'être aveugle, dit-il. Sinon, je te cassais tous les os.

L'Eugène tira un coup d'avertissement avec l'un de ses mousquets. Doucement, Joachim tourna la tête vers lui, très calme tout à coup. Alexis encourageait son père à les massacrer. Mais Joachim éprouvait un sentiment d'irréalité. Comment ces deux infirmes osaient-ils s'en prendre à lui? Ridicule! Joachim avança jusqu'à coller sa poitrine sur le canon du fusil et, plongeant son regard dans celui de l'Eugène, lança:

— Tu ne vois donc pas que je t'épargne! Pourquoi me pousser à bout, tu ne tiens pas à la vie?

— À la mienne, oui! À la tienne, non!

L'Eugène souriait d'un air imbécile. L'aveugle n'avait pas eu son compte car, soudain, Joachim sentit la boucle d'un câble de chanvre autour de son cou. L'aveugle, comme une araignée géante, enserrait Joachim qui se mit à frapper à nouveau. L'Eugène jeta l'autre bout de la corde par-dessus une forte branche et siffla le chien qui, la saisissant avec ses crocs, la tira brusquement. Joachim s'était laissé prendre comme une perdrix. L'Eugène et l'aveugle rejoignirent la bête pour pendre Joachim. Tandis qu'ils tentaient de le hisser, Joachim agrippa la corde d'une main pour se soulever et, de l'autre, essaya de desserrer le nœud. Il faillit réussir, trouvant assez de souffle pour les semoncer.

— Vous attaquez un prêtre?

— Tu n'es pas un prêtre, tu es un déserteur déguisé en prêtre pour échapper à la guerre!

— Un lâche qui vient prendre les femmes des soldats, ajouta l'Ocle-l'Œil.

— Faux!

— À mort! hurlait l'Ocle-l'Œil. Je veux qu'il sente le cadavre!

Joachim grimpa après la corde, atteignit la branche, s'y agrippa d'une main et pouffa de rire. Il se moqua de leur faiblesse. Quoi, ces deux débris se sentaient capables d'abattre le lion qui rugit? Magnanime, il se contenta de les menacer de l'enfer seulement. Se croyant sauvé, Joachim commença à réciter une formule de malédiction.

Les deux miliciens attachèrent le bout de la corde à un tronc et lui agrippèrent les jambes, le tirant vers le sol. Joachim se débattait, mais la boucle qu'il essayait de défaire d'une main se resserrait de plus en plus, lui écrasant les doigts entre la gorge et le lien. Son autre main lâchait prise sur la branche. Alexis faisait des efforts pour se libérer. En se tortillant, il se rapprocha d'assez près pour mordre à nouveau le jarret de l'aveugle qui se défendit à coups de pied.

Joachim râlait déjà quand surgirent Magoua et Marie l'Escofiante qui se précipitèrent à son secours.

La bousculade fut rude et brève. Chacun sortit ses poignards et prit son vis-à-vis. Marie l'Escofiante se déchaîna comme une mère qui défend ses petits.

— Ça suffit, laideurs de l'enfer! Vous avez pas honte de vouloir défuntiser une si douce personne?

— Un prêtre! renchérit Magoua.

— Oh! on voulait juste lui faire peur, dit l'Eugène comme Magoua coupait la corde.

Tombé sur le sol, Joachim essayait de reprendre son souffle, il se frotta la gorge, secoua la tête. Marie l'Escofiante le réconforta tendrement pendant que les deux infirmes s'éloignaient en jurant. Magoua les suivait pas à pas. Le chien du cul-de-jatte grognait et menaçait de défendre son maître jusqu'à la mort, ce qui n'impressionnait pas le métis.

Magoua, indigné, leur criait:

— Un homme du ciel! Une robe sainte!

— Ho, une robe sainte! Une débauche de l'enfer, oui! dit l'Ocle-l'Œil.

— C'est une guenille de bataille, un déserteur! fit l'Eugène.

— Fermez vos gueules! Il va vous maudire! Craignez la malédiction d'un prêtre, elle est irréparable!

Ils répondirent par de nouvelles insultes:

— Torche-cul du diable, pus du Christ, crotte et bave de ma chienne!...

Joachim s'alanguissait dans les bras de Marie l'Escofiante, profitant de ce réconfort qu'elle lui prodiguait. Souriante, un tantinet narquoise, elle le serrait contre elle, comme s'il était un blessé de guerre, lui offrant ses seins en guise d'oreiller.

— Je vous avais dit de vous méfier des hommes.

— Oh, je m'en méfie... et des ours aussi.

— Et des femmes?

— Non, pas encore!

Sans le vouloir, l'Eugène et l'Ocle-l'Œil poussaient Marie l'Escofiante dans les bras de ce prêtre maudit, ce déserteur, ce rescapé de la potence. Que n'eussent-ils plutôt usé du poignard?

Comme l'Eugène et l'Ocle-l'Œil ne manifestaient aucun remords, Magoua songea à les livrer au prévôt de Trois-Rivières, mais Joachim ne voulait pas. Quoi, un homme aguerri comme lui vaincu par des infirmes? Bien que ces deux-là fussent moins diminués qu'il n'y paraissait, on aurait ri jusqu'à la Nouvelle-Orléans! La sauvegarde de son honneur exigeait le pardon!

Un matin qu'il ouvrait les lourdes portes de l'église, Joachim croisa un regard chargé de haine et de mépris. L'Eugène était posté sur la grande place avec son inséparable guerrier de la nuit et son vaillant chien de trait. Ils gardaient leur habitude de suivre Joachim partout. Alexis sortit de l'église avec un balai. En apercevant les infirmes, il se hérissa comme un animal écumant de rage. Joachim lui ordonna de rester calme.

Tournant à nouveau la tête vers la place, Joachim retrouva le regard furieux de l'Eugène, qui lui parut celui d'une bête fauve prête à lui déchirer les entrailles. Il soutint le silencieux combat, se disant en lui-même que l'autre avait dû être un fameux ferrailleur, un fossoyeur de grande classe! Un brave soldat, en fin de compte. Au cours de sa vie, Joachim en avait rencontré des centaines d'Eugène et de l'Ocle-l'Œil. Chez les hommes endurcis par les privations et la vie des armées, il subsiste toujours un fond d'orgueil qui en fait des guerriers farouches. Il ne lui resterait qu'un doigt, à l'Eugène, qu'il l'armerait d'une lame pour déchirer la gorge de son ennemi. Il agira de préférence la nuit, quand le sommeil désarme le plus fort, mais il ne craindra pas de mordre en plein jour au risque de perdre la vie en saignant sa proie.

L'Eugène, c'était un enragé et la plupart de ces hommes finissaient par aimer Joachim après l'avoir détesté. Parce qu'ils se reconnaissaient en lui. Au début, ils ne voyaient que la brute déguisée en prêtre, le soldat repenti, le tueur assagi. Puis un jour, ils comprenaient que sa douceur n'était pas feinte. Au milieu de sa poitrine, là où aurait dû battre un cœur, ils retrouvaient leur propre douleur, que Joachim portait pour eux: celle des hommes sans pitié qui n'ont soif que d'amour.

Mais ce jour n'était point arrivé. Pour l'heure, la haine et l'idée de meurtre flottaient sur la place du village, comme au matin d'un duel.

Le silence était tel qu'on percevait le bruissement des feuilles et le clapotis de la rivière au loin. Dans l'auberge, Lucienne échappa un plat et maugréa. L'air portait les sons si clairement qu'on aurait pu entendre un pet de crapaud! Avant d'entrer dans le saint lieu, Joachim dit à Alexis de demeurer vigilant.

L'enfant commença à balayer le parvis de l'église. Marie l'Escofiante vêtue d'une robe somptueuse passa devant lui. Elle lui fit un clin d'œil, puis referma les portes derrière elle. De l'autre côté de la place, l'Eugène et l'Ocle-l'Œil bavaient de jalousie, comme peut-être leur chien.

Dans la pénombre, Joachim priait les bras en croix, devant la statue de sainte Anne. Marie s'agenouilla près de lui. Il se retourna lentement vers cette troublante tentatrice au décolleté scandaleux.

— Mon Dieu, tu es dans une église, Marie l'Escofiante!

Ils restèrent un moment silencieux, éprouvant sans doute le même malaise. Le prêtre regarda la jeune femme de la tête aux pieds, puis il baissa les bras, ferma les yeux. Il murmura:

— Tu es lumineuse, la grâce incarnée... grâce et sensualité. Que me veut Dieu qui me rapproche du monde des sens à tel point que je le touche?

Sans ouvrir les yeux, il effleura légèrement la taille de Marie l'Escofiante. Elle se pencha vers lui.

— Mon père, est-ce vraiment un péché de faire...

— L'amour peut être une prière.

— Même avec un prêtre?...

Joachim la fit taire en mettant un doigt sur sa bouche, puis y déposa un baiser. Ils s'enlacèrent. Marie l'Escofiante entrevit le visage de sainte Eutykenne qui semblait lui sourire. La lampe du sanctuaire scintillait avec plus de brillance. D'une main agile, le prêtre dénoua le corsage et, avec une infinie douceur, ses lèvres descendirent le long du cou jusqu'à la naissance des seins. Marie l'Escofiante entrouvrit ses jambes et enserra un genou de Joachim. Ils perdirent l'équilibre et dans une étreinte magique roulèrent sous le banc des seigneurs. Elle retroussa sa robe, il déboutonna sa soutane. Aucun geste brusque, mais plutôt la solennité d'une cérémonie ancienne qu'ils redécouvraient.

Prière des corps, oraisons fulgurantes du désir assouvi: Joachim offrait à Dieu ces moments de vertige, chassant l'idée désagréable qu'il pouvait pécher. La grâce l'envahissait. Il sentait dans le plaisir amoureux une présence surnaturelle. À travers lui, Dieu parlait: son corps ne lui appartenait plus, consacré, semblait-il, à l'œuvre céleste. Il cria de plaisir. Marie l'Escofiante gémit comme en une extase mystique. Devant le tabernacle, le crucifix et la lampe sacrée, Joachim croyait obéir aux lois divines, mais soudain la statue de sainte Anne lui parut attristée. L'image de l'autre Anne, la seigneuresse, revint à son esprit. Il s'arracha un moment de l'échange amoureux, pris par un remords qui n'avait rien de religieux. Et cela, Dieu n'y pouvait rien! La pauvre Marie l'Escofiante se rendit compte que Joachim lui échappait et, par une caresse, le ramena vers elle. Joachim lui dit alors:

— N'es-tu pas effrayée?

— Et toi?

— Non, mais vaut mieux se montrer prudents.

Il se détacha d'elle pour souffler la lampe du sanctuaire. L'église redevenait une simple demeure des humains. Marie l'Escofiante attira Joachim dans une nouvelle étreinte amoureuse.

Il était midi et personne ne sonnait l'angélus. Au centre de la place, l'Ocle-l'Œil aiguisait un couteau, tandis que l'Eugène observait Alexis qui, depuis deux heures, n'en finissait plus de balayer le parvis dans tous les sens. Magoua s'approcha d'eux.

— Salut, rescapés de l'enfer!

— Et ton prêtre, tu crois qu'il est rescapé? demanda l'Eugène, sarcastique.

— Il est encore assez prêtre pour vous maudire! Si je l'avais pas empêché, il vous aurait damnés!

La peur de la malédiction faisait son effet, les infirmes furent saisis de doute. Puis l'Ocle-l'Œil réagit pour se libérer de son trouble.

— Sais-tu que ce Joachim a un fils? Le servant qui balaie le parvis, Alexis, c'est la chair de sa chair. Un prêtre de péchés, c'est pas un prêtre!

— Qui t'a dit ça?

— La nourrice du manoir, elle le connaît, répondit l'Eugène. Et pour ça, il l'a fait chasser par sa bourgeoise. L'Indienne est partie ce matin, tout en larmes.

— Tu médis. Crains deux fois l'enfer!

— Crains-le toi-même, toi qui protèges le fourbe. Sais-tu ce qu'il fait dans l'église avec Marie l'Escofiante?

Furieux, Magoua brandit ses armes et pourchassa les deux infirmes et leur chien à travers la place du village, bousculant les poules et les cochons. Soudain, il s'arrêta tout net lorsque, venant de l'église, un cri de femme, un cri de plaisir lui fit dresser l'oreille. Alexis se cacha dans le nuage de poussière soulevé par son balai et regarda autour de lui pour s'assurer que personne d'autre n'avait entendu. Dérouté, Magoua se tourna vers le garçon qui continuait à balayer en sifflant afin de dissimuler son embarras.

Nicholas arriva sur ces entrefaites, portant un sabre, l'air fâché. Il s'approcha d'Alexis qui balayait à présent le sol devant le parvis et indiqua les deux infirmes de sa lame. Il s'exclama avec indignation:

— Regarde-les, les lâches! Sais-tu ce qu'ils disent de toi depuis ce matin? Si je les attrape, tu vas voir. Je les découpe en rondelles.

Il dressa son sabre. Alexis s'interposa, cherchant à l'éloigner un peu de l'église.

— Euh... Merci de prendre ma défense.

— Je vais leur montrer, moi!

— Oui, c'est bien.

Une nouvelle plainte langoureuse traversa les murs de l'église. Nicholas en fut saisi, n'ayant jamais rien entendu de tel. Comme il ne savait pas trop comment se comporter en pareil moment, Alexis lui indiqua la marche à suivre.

— Fais comme moi...

— Qu'est-ce que tu fais?

— Je me cache dans la poussière.

Après avoir chassé les deux miliciens infirmes, Magoua rejoignit les garçons. Voyant Alexis mal à l'aise, il chercha à excuser Joachim:

— Haron Hyaie, l'enfant du ciel, Gardien-du-feu, je ne sais pas qui est ton père. Mais si, par supposition, c'était Joachim, tu devrais en être fier, car c'est un saint.

Dans un élan du cœur, il serra l'enfant dans ses bras. À nouveau, un cri de plaisir vint de l'église! Magoua déposa Alexis en ajoutant d'une voix moins certaine:

— Du moins, c'est ce qu'on dit!

Le soir même, la rumeur des exploits de Joachim avait fait le tour du village. Au cabaret de Lucienne, sa conduite était loin d'être réprouvée. Pendant qu'Isabelle attisait le feu de la cheminée et que Thérèse Nescambouït embrochait des rats musqués pour les faire rôtir dans l'âtre, Lucienne sortit le vin et s'installa pour une longue soirée de commérages.

— À ce qu'on dit, fameuse est sa renommée... amoureuse!

— Mais c'est un prêtre! protesta Isabelle.

Thérèse Nescambouït déplorait cette naïveté. Elle secoua la tête.

— Oui, mais avec des fesses d'argent et un sexe doux comme une peau de femme et des doigts agiles comme des truites de rivière... À ce qu'on dit.

Marie l'Escofiante s'amena au cabaret et se blottit près de sa sœur, Isabelle. Elle semblait heureuse et comblée, mais on remarqua surtout son air triomphant. Les femmes la regardaient avec admiration. Lucienne parla d'un ton mystérieux. Marie l'Escofiante l'écoutait avec ravissement en lui prenant parfois la main.

— Lorsqu'une faute charnelle est commise entre une femme et un prêtre, seul le prêtre en porte le blâme, car c'est lui le guide en toutes choses sacrées. Une femme doit connaître ce mystère... L'amour d'un prêtre est une grande consolation, c'est comme aimer Dieu. Mais pour le prêtre, les conséquences en sont très lourdes et l'Église le lui défend avec moult interdits. Mais... Joachim... Joachim... Dieu lui a dit oui... À ce qu'on dit!

Un silence glacial s'abattit soudain dans la place! La seigneuresse! Entrée à l'insu de toutes, Anne avait tout entendu. D'un côté comme de l'autre, on se dévisagea, puis rompant le malaise Anne avança vers la lumière de l'âtre. Lucienne la reçut avec civilité:

— Madame la Seigneuresse, que vous voilà bien tard sur la route! N'avez-vous pas peur des loups?

— Je manque d'amadou, Lucienne. Pouvez-vous m'en bailler? Sinon, je n'aurai plus de feu.

Thérèse mit son grain de sel:

— Ah ça, elle en manque pas, Lucienne. Ça fait longtemps qu'elle n'allume plus le poêle.

Les femmes s'esclaffèrent. Quoique assez courante, la farce produisait encore son effet. Lucienne, sans perdre contenance, répondit du même ton:

— Que voulez-vous! Aujourd'hui, les hommes aiment mieux allumer le feu des canons. En amour, faut être deux pour chauffer le fourneau.

Visant Marie l'Escofiante, Anne répliqua:

— Heureusement, c'est pas tout le monde qui garde la mèche éteinte!

Sans attendre de réponse, elle prit l'étoupe et s'en alla, peu solidaire des autres femmes. Lucienne s'approcha de Marie l'Escofiante et, sur un air de confidence, lui dit:

— Tu as une grande rivale, Marie. Elle, elle se contentera pas du goupillon à la sauvette.

Mais pour l'heure, Marie l'Escofiante triomphait. Anne, le cœur brisé par la trahison, marchait dans la nuit. Les chiens hurlaient sur son passage et, avec un bâton, elle frappait rageusement sur ceux qui s'approchaient d'elle et qui payaient ainsi pour ce Joachim qui n'était qu'un vulgaire coureur de jupon. Il l'avait humiliée en montrant publiquement une inclination pour elle alors qu'il ne cherchait qu'à trousser toutes les jupes à sa portée. Et dire qu'elle l'avait laissé entrer chez elle! Un débauché sans honneur, un décadent, un menteur, un traître, un séducteur dissolu, un homme sans attache, un homme... Un homme... Sans amour!

Elle s'arrêta un moment, basculant dans la tristesse, puis reprit sa marche d'un pas lent. Seule dans la nuit, sous la brillance des étoiles, elle soupira. Joachim ne devait pas être uniquement ce bandit des cœurs qu'on décrivait. Jamais ils ne pourraient, elle et lui, se rapprocher simplement. Pourquoi cette Marie l'Escofiante y arrivait-elle? Par quelle magie pouvait-elle transgresser les lois de l'Église? Au loin, dans les montagnes du nord, se fit entendre le hurlement des loups qui appelaient leurs frères. Anne leur répondit par une chanson qui était sa plainte à elle. Elle, sans amour, sans homme, dans la nuit des fauves.

La guerre décide du sort des peuples depuis l'aube de leur existence, elle creuse le lit des rivières, elle désigne le maître et l'esclave, elle ouvre et ferme les portes des prisons, elle nourrit le geôlier dans le même temps qu'elle libère le prisonnier. Elle est la mère de deux fils, le vainqueur et le vaincu, qu'elle abreuve du même lait. Pour l'un, elle est joie et bienfait, pour l'autre, elle est mort et désespérance.

Elle récompense qui la sert bien, elle punit le faible, elle asservit l'indécis, le timide ou le malchanceux. Le lâche survit, mais le cœur pourri par la trahison, toujours prêt à vendre ses frères.

Aussi, à cette garce, les Français d'Amérique avaient-ils toujours montré le visage de la vaillance. Comme à une déesse antique, ils lui avaient offert leur sang. Depuis six ans, à dix contre un, ils avaient refoulé l'Anglais sur ses terres du littoral. Tout le pourtour du Mississippi, des Grands Lacs et du Saint-Laurent, ils l'avaient gardé dans l'alliance franco-indienne. Le Ouisconsin, le Missouri et la Louisiane se maintenaient en armes, tandis que l'armée envoyée par Louis XV et les milices de la Nouvelle-France, avec leurs alliés indiens, avaient déferlé du Saint-Laurent vers l'Ohio. Et dans une autre direction, ils avaient en leurs meilleures années reconquis les bassins des lacs Champlain et Saint-Sacrement, semant la crainte jusqu'à New York.

Quoique prêtre, Joachim avait payé de sa personne pour de nombreuses batailles. Le tumulte des charges meurtrières lui était familier, tout comme l'odeur de la poudre et la puanteur des cadavres. Aussi, à l'heure où le vent virait de bord, où les portes du pays s'enfonçaient sous la charge du lourd bélier de la bête anglaise réveillée dans son orgueil, Joachim se demandait ce qu'il faisait en ces lieux paisibles où le bonheur coulait comme d'une source intarissable.

Dans les ténèbres, il entendait une plainte parfois. Ce n'était point celle de l'amour. Elle semblait venir de la terre. Une nuit, Marie l'Escofiante dormait près de lui, il se réveilla brutalement. Un coup de vent fit s'ouvrir la porte. Un loup noir à tête rouge franchit le seuil et vint planter ses griffes dans les draps du lit. Il repartit quand, cuvrant les yeux, Marie l'Escofiante cria de peur. C'était le jour où Alexis avait vu des rats dans l'église. Un mâle et une femelle qui s'accouplaient près du confessionnal.

À cette époque, un énorme nuage de fumée restait accroché à l'horizon. Québec brûlait. Au sud du fleuve, tous les villages étaient systématiquement ravagés de même façon dans la portion du continent qui allait jusqu'à l'Atlantique. La bête rapprochait sa gueule du cœur du pays. Les hommes partis la combattre, elle voulait les punir dans leur demeure.

Aussi, le lendemain, Joachim comprit que le bonheur n'était qu'éphémère illusion, simple promesse de ce qui devrait être, en un temps où la mort régnait souveraine pour secouer les consciences endormies. Désormais les Français et les Indiens devaient dire:

— Avant, nous étions heureux.

Alexis s'acharnait sur le carillon de l'église. Il tirait de toutes ses forces sur la corde et, n'étant pas assez lourd, il s'envolait comme la plume soulevée par le vent. On lui avait dit de sonner le tocsin, mais ce fut le glas qu'on entendit.

En voyant des femmes affolées et Joachim s'élancer sur le sentier menant au fleuve, Lucienne comprit que les temps mauvais cherchaient à aborder les rivages de son peuple. Elle aussi avait aperçu le loup rouge. Elle s'enfuit chez Thérèse, à qui elle dit:

— Ils ont tué ce matin! Sais-tu qui est la morte?

Thérèse fit signe que oui. Elle regarda par la fenêtre le cerisier où un oiseau-mouche faisait son nid. Au pied de l'arbre, se tenait un animal bizarre: un rat. C'était la première fois qu'elle en voyait un!

À travers bois, à travers champs, Joachim allait comme un fou, le visage défait par l'angoisse. Il arriva à la berge, essoufflé. Anne, Marie l'Escofiante et les femmes du village halaient sur la grève la barque d'Amélie-Ange, la pêcheuse. La dépouille de la jeune femme gisait au fond, le cœur transpercé d'une balle de fusil. Joachim souleva délicatement la tête de la morte.

— Mon amie, mon amie, vous, si douce... mon amie!

Les femmes pleuraient, recueillies. Anne, impressionnée, mit sa main sur l'épaule de Marie l'Escofiante pendant que Joachim récitait une courte prière des morts.

Des vagues rougies de sang berçaient la barque. Joachim emporta le corps d'Amélie-Ange dont les cheveux défaits flottaient au vent, longs et chatoyants. Joachim trébucha, tomba à genoux dans l'eau, se releva. Il prit le chemin du village, suivi des femmes. Anne se rapprocha de sa rivale, Marie l'Escofiante. Elle ne croyait pas en avoir d'autre et s'étonnait:

— Il la connaissait?

— Vous ne voyez donc pas qu'il souffre?

Joachim trébucha à nouveau. Pour l'aider, Anne soutint la tête de la morte. Le prêtre, affligé, n'arrivait pas à comprendre.

— Elle était si jeune! Si fragile! Je n'ai pas su prier.

— Vous n'y pouviez rien, mon père. Tout comme nous.

— Oui, j'aurais pu. Elle savait le danger... Elle m'avait dit... J'aurais dû l'empêcher ou la défendre... Mourir à sa place...

Pourquoi était-il si accablé? Certes, en toute circonstance, la mort est attristante, un air de gravité s'impose même s'il ne s'agit pas d'un être cher. Anne observait le prêtre. S'il n'éclatait pas en sanglots comme pour une mère ou un enfant, par contre son visage portait les marques d'une souffrance non feinte. Il cherchait à la dissimuler. La barrière de ses dents retenait un cri lugubre, mais on devinait la détresse au creux de son silence.

Combien d'hommes du village avaient disparu depuis le début de cette guerre? Combien étaient revenus dans la charrette des morts et combien, plus nombreux encore, reposaient en des terres lointaines? Elle-même, Anne, pleurait la récente perte de son époux. Et pourtant, ce qu'elle voyait chez Joachim ne pouvait se comparer à la douleur normale ressentie par nombre de femmes aux heures les plus affreuses de la guerre. Avec la peine de Joachim, on avait le sentiment que le ciel écrasait toutes les poitrines d'un lourd nuage chargé des miasmes de la mort. Ce prêtre commandait-il à la nature? Le temps jusque-là léger et ensoleillé devint gris et maussade. Un vent pluvieux fouetta les épaules. Une nuée de corbeaux se posa sur un orme, le noircissant tel un fût brûlé. Chaque respir de Joachim semblait une plainte venue du royaume infernal. Anne se disait: «Comme il l'aimait, jamais je n'ai aimé ainsi!»

On enterra Amélie-Ange, l'après-midi même. Personne ne vit pleurer Joachim, mais certaines commères prétendirent qu'il se cachait pour le faire. Durant la cérémonie, Anne essaya de converser avec l'âme de Joachim. Elle lui disait: «Cette pêcheuse vous était donc si chère, plus chère que moi?»

Joachim aurait pu lui répondre: «Il y en a une autre, et c'est elle que je pleure au-delà de la mort d'Amélie-Ange. La mort a réveillé la mort. Et le visage que je vois, qui me fait tant souffrir, c'est celui de ma jeune épouse que je ne peux chasser de mon esprit. Celle qui fut mon premier, mon plus grand amour!»

Pendant le service, Alexis, peu familier avec les rites funèbres, se trompa souvent. Joachim gardait assez d'esprit pour lui souffler les répons. Il s'attendrit sur cet enfant en pensant à sa mère indienne, disparue elle aussi. Tous les souvenirs des deuils passés resurgissaient pour ravager son être. Anne devinait cette angoisse invisible. Peut-être aimait-elle cet homme en fin de compte?

Ce soir-là, Joachim priait devant la niche de sainte Eutykenne, absorbé dans la contemplation du visage momifié. Anne entra discrètement et s'agenouilla à côté de lui.

— Pourquoi restez-vous seul?

— Je ressens la haine. Il me faut apaiser mon âme.

— Je vous avais mal jugé, Joachim. Votre accablement me touche.

— Qu'est-ce que j'ai? Mais qu'est-ce qui me déchire ainsi?

— Eutykenne, c'est bien de la prier. Moi aussi elle m'apaise. Elle est morte d'amour, le saviez-vous? Elle aimait un Français! Elle a été immolée sur une pierre par un vieux sorcier cruel qui l'avait achetée à ses parents. Il la voulait pour épouse, elle préférait ce jeune étranger. Depuis son assassinat, elle a accompli de multiples miracles pour des cœurs délaissés. Cette église est construite sur la pierre où elle fut égorgée.

— Oui, je sais... Mais je crains que la sainte ne puisse rien pour moi! Comprenez, je sens une telle haine en moi. Je ne voulais plus que cela m'arrive!

— Alors, vous aimiez?

— Aimer?

Il regarda Anne avec étonnement. Comme s'il ne s'était pas encore rendu compte de sa présence. Une larme coula sur sa joue. Anne l'assécha avec un mouchoir de Chine, brodé de motifs d'oiseaux et de plantes.

— Qu'est-ce que l'amour, pouvez-vous me dire? demanda-t-il.

Craignant d'être allée trop loin, Anne se releva, troublée, presque angoissée.

— Je ne sais pas... Non, je ne sais pas. Peut-être que je ne l'ai jamais su.

Comblant l'écart qui le séparait d'elle, Joachim lui prit la main, la retint.

— Moi, je sais.

Anne avait peur. Pourquoi était-elle venue? Elle avait donc perdu la tête! Elle savait pourtant que ne doit pas se regarder le soleil, qu'il aveugle qui veut le connaître! C'était à son tour d'avoir mal. Elle craignit que Joachim ne lui dise des choses insupportables, des mots qu'elle n'avait ouïs que dans son jeune âge, des mots d'amour. Et elle s'enfuit! Joachim la laissa partir.

— L'amour, il faut le fuir! se dit-il tout bas.

Noir, solitude. Joachim sentait un déchirement de l'âme. Ce n'était pas la mort qui le frappait mais l'absence, la terrible absence de l'autre, de la femme désirée sur qui il refermait ses bras vides. Seul pour affronter le néant.

Joachim s'étendit au milieu de la nef, les bras en croix. La pluie se mit à tomber. Les ténèbres envahirent les lieux. Longtemps plus tard, une lueur tira Joachim de sa prostration. Magoua venait d'allumer une lampe. Pourquoi était-il là? se demanda Joachim. Un autre faux chrétien qui se prétendait son ami et qui ne chercherait qu'à lui attirer la disgrâce.

— Le jour est sombre, mais on dirait que ton âme l'est plus encore, dit Magoua.

— Laisse-moi, que connais-tu des tourments de l'âme? Tu n'as pas à me juger!

Magoua entra dans le confessionnal et s'assit sur la chaise réservée au prêtre.

— Viens te vider le cœur! Un homme parfois a besoin qu'un autre homme l'entende. À une bonne brute comme moi, c'est plus facile de parler qu'à l'évêque de Paris!

Joachim était d'accord sur ce point. Il s'agenouilla à la place du pénitent. Magoua tira le volet et le bénit. À cet instant, la foudre tomba sur la place du village. Les fenêtres des maisons s'ouvrirent sous la force du vent, la nuit chassa le jour et les quelques chevaux que Yamachiche avait sauvés des rapines de l'armée se mirent à courir de tous côtés, apeurés par les éclairs qui semblaient sortir du sol.

— Si tu étais à ma place, Magoua, tu n'aurais d'autre choix que de te confesser au diable.

— Parfois, c'est aussi bon!

— Tu as raison.

— Va, dis-moi quels cadavres de ta vie passée pourrissent en ton cœur de pierre.

— Plusieurs, mais un seul suffirait à empoisonner, jusqu'à la fin de ses jours, toutes les fontaines de bonheur que l'homme peut porter en lui.

— Et quel est-il celui-là?

Et alors Magoua d'entendre l'étrange récit d'un noble guerrier poursuivi par la haine implacable des hommes qui l'accompagnait tout au long de sa route. Une fatalité diabolique s'acharnait à détruire son bonheur chaque fois qu'il tentait de renaître.

Joachim avait eu un fils autrefois, en Normandie, où il avait convolé. Toute la ville de Rouen avait assisté à la noce. La plus fraîche et angélique créature de la famille De Chansyl s'était donnée à lui dans la ferveur de sa jeunesse ardente. Joachim avait découvert l'amour. Rien de plus grand ne pouvait habiter le cœur humain. L'amour anéantissait la guerre, l'amour convertissait les bandits, l'amour transformait les loups en agneaux. Joachim était devenu une brebis, une mésange, un papillon.

On le connaissait comme un duelliste sans pitié. Bras de fer, homme d'épée, officier du Roi, familier des batailles, Joachim avait répandu la mort comme le nuage, la pluie.

L'ange exquis lui avait fait renoncer aux querelles. Il avait goûté à la douceur de l'hymen. Un petit être, un enfant délicat, aux yeux rieurs comme ceux de sa mère, l'avait reçu à ses retours de chasse. Joachim avait aimé comme aucun ne pouvait aimer. Il était feu, il était passion.

Un jour, un homme était venu le provoquer chez lui, réclamant vengeance pour son frère. Tous les soirs, il se postait à la porte du domaine, attendant que le «lâche» se décide. L'homme cherchait plus la renommée que la réparation et quand Joachim sortait, il passait devant lui sans porter attention aux affronts, injures et insanités que l'enragé s'empressait de répéter par toute la ville. Au «C'est un lâche», Joachim répondait «C'est un pauvre fou».

La nuit, la belle épouse confortait Joachim dans sa nouvelle vie. Il s'endormait sans crainte, sans rancœur. Il comptait sur le temps pour arranger les choses.

Un soir qu'il revenait d'une réunion de commerçants, car tel était-il devenu, sa demeure brûlait et dans la cour gisaient ses chiens égorgés. Le fou l'attendait, la bave aux lèvres et l'épée à la main.

— Répondras-tu enfin à la conviance de la mort? Meurs ou tue-moi! Ta femme et ton fils sont là qui brûlent sans secours, je les ai entendus hurler d'affreuse douleur! C'est moi qui ai allumé l'incendie!

Joachim s'était jeté sur lui et l'avait tué, s'acharnant sur son cadavre comme une bête. La plus implacable haine n'aurait pu effacer l'horreur, sa femme et son fils disparaissant dans une vision infernale.

La beauté de la vie était devenue ce débris de cadavre sanguinolent qu'il avait continué à étrangler en criant: «Mon amour, qu'as-tu fait de mon amour?»

Aux grands amours, les grandes souffrances. Même devenu missionnaire en des terres lointaines, Joachim ne pourrait jamais oublier que l'enfer sur cette terre, c'est d'être privé du visage aimé.

— Et ce visage aimé, dit Magoua, il meurt à chaque fois que tu l'approches.

Magoua venait d'éclairer la vie de Joachim comme la foudre illumine l'obscurité. Telle était la vérité: par une sorte de complot diabolique, la mort devenait le prix fatal de son bonheur. Joachim vivait avec une telle passion que les ténèbres en exigeaient une rançon pour l'au-delà. Car Joachim prenait trop de la vie.

— Que dois-je faire? demanda-t-il d'une voix fragile.

Magoua connaissait trop les hommes pour ignorer que le destin de Joachim était marqué par le sang. Sa vie était le formidable enjeu des puissances célestes. Si le diable suivait ses pas, il fallait bien que le bon Dieu suive aussi pas trop loin derrière. Et bien qu'il fût effrayé par les révélations de Joachim et qu'il ne songeât qu'à se sauver à toutes jambes, Magoua crut bon de bien conclure.

— Si tu n'as pas assez payé au diable, il t'en demandera encore. Mais si, au contraire, tu as trop payé, c'est à lui de te rembourser.

— Comment savoir qui est le débiteur de l'autre?

— As-tu, comme moi, les marques de tes voyages tatouées sur ton corps? La brûlure de l'aiguille dans ta chair? As-tu vécu misérable et seul, au cœur des hivers interminables, à te lamenter de faim, à gémir de froid? As-tu des cicatrices qui prouvent tes blessures? As-tu pleuré, as-tu souffert? Et tes amours étaient-ils plus cruels que toutes ces souffrances? Ton âme te fait-elle encore plus mal que ta chair?

— Assurément!

— Alors, le diable t'en doit! S'il te fait encore du mal, il devra te remettre encore plus de bienfaits. Et dans cette vie, pas dans l'autre! Sinon, c'est Dieu qu'il devra rembourser!

Retrouvant le sourire, Joachim remercia son ami d'avoir apaisé ses tourments. Peut-être, même au milieu de la guerre, de la mort et du souvenir amer, pouvait-on espérer le bonheur. Comme prêtre, Joachim avait cru le trouver dans le renoncement à l'amour humain, mais sur ce point, il n'avait pas été exemplaire. Sans adhérer à la spiritualité comptable de Magoua, il comprenait bien qu'une autre voie lui restait à découvrir.

Ce soir-là, des femmes le virent aller se recueillir au cimetière. Il s'arrêta près de la tombe d'Amélie-Ange. S'il eut une pensée pour elle, ce ne fut qu'en amorce à une autre plus envahissante, celle d'un nom, d'un visage, d'un corps qui obsédaient désormais son esprit. Anne.

Peut-être serait-ce elle, à présent, qui habiterait au creux de sa blessure!

Depuis quelques jours, des canots d'écorce, des barques de douze hommes et des voiles de la marine française patrouillaient les eaux du large fleuve. Tous les villages riverains étaient en alerte.

La bataille à Québec retenait le gros des troupes, mais les descentes que les Anglais opéraient sur les côtes obligeaient à une riposte. Les mariniers restèrent une semaine dans les parages du lac Saint-Pierre, puis durent retourner à Québec pour renforcer les batteries flottantes.

Yamachiche se trouvait à nouveau sans soldats. Anne décida de réorganiser la défense. Elle convoqua les plus guerrières amazones à l'auberge, leur distribua de nouvelles armes et y tint conseil.

Joachim s'y présenta. Anne s'attendait à ce qu'il prît la parole. En de nombreux villages, les prêtres remplaçaient les capitaines de la côte en attendant leur retour. Mais Joachim laissa Anne assumer ce rôle. Il l'écoutait discourir, opinant de la tête pour marquer son assentiment. Il semblait distrait, parfois absent. Son esprit voyageait en d'autres contrées. Sa bouche était une forteresse qui s'emmurait de silence.

L'assemblée se terminait. Anne avait remarqué que Joachim ne faisait plus cas de Marie l'Escofiante qui avait pourtant bousculé d'autres femmes pour se rapprocher de lui. Joachim se retirait dans une sorte d'indifférence, ce qui agaçait Anne. Peut-être à cause de la mort d'Amélie-Ange, les pensées de la seigneuresse revenaient vers son défunt mari. Elle revoyait les moments heureux de ses fiançailles et des premières années d'épousailles avant que ne commencent les ennuis de l'adultère. Justement avec cette enjôleuse qui essayait aujourd'hui d'aguicher un prêtre.

C'était irritant, mais en même temps sans importance car, contrairement à Marie l'Escofiante, Anne ne songeait maintenant qu'à ses responsabilités, à la survie, à la guerre. Au diable cet homme et les catins qu'il traînait autour de lui! Elle mit fin au conseil, compléta l'inventaire des armes et leur attribution.

L'Eugène et l'Ocle-l'Œil vinrent chercher leur ration de poudre. Ils se trouvèrent nez à nez avec Joachim qui décidait de s'armer lui aussi. Prêtre ou déserteur, ils ne croyaient pas qu'on dût lui confier ne serait-ce qu'une pointe de flèche!

Joachim ne riposta point à leur propos. Il les considérait avec un peu de pitié. Il prit le fusil que Lucienne lui avait choisi, puis, dédaignant ses contradicteurs, il sortit sans avoir dit un seul mot.

Anne s'expliquait mal ses réactions. Elle l'observa un moment, qui s'éloignait vers l'église. Il semblait un peu désorienté, tournant souvent les yeux vers le ciel, cherchant à suivre le vol d'une hirondelle. Alexis lui prit le fusil des mains pour aller l'essayer. Joachim entra chez lui pour quelques instants. Anne sentit alors une main sur son épaule, celle de Marie l'Escofiante. La jeune femme avait un air d'abandon résigné où l'on devinait une pointe de reproche. Anne comprit que tout devenait mouvance. Joachim n'était à personne, et la rumeur en courait comme la vérole.

Après le rassemblement, Marie l'Escofiante resta toute la journée près de Joachim, marchant dans ses pas. Il demeurait silencieux. Il se mit à dessiner, au grand soleil, sur la place. Marie l'Escofiante lui demanda de la portraiturer. C'était le sortir d'un songe, son esprit ayant de la peine à rester sur cette terre. Pourtant, l'esquisse qu'il fit d'elle était œuvre de maître. Marie l'Escofiante était touchée de paraître telle aux yeux de cet artiste: son image rappelait celle de la Vierge des consolations. En dépit de sa joie, elle s'inquiétait du mutisme de Joachim? Était-ce une mortification, une pénitence qu'il s'imposait?

À la fin de la journée, Magoua vint quérir Joachim pour faire le coup de feu.

— C'est toi qui as instruit Alexis? demanda-t-il.

Joachim avoua que oui. Magoua lui dit alors qu'on n'avait pas besoin d'autres soldats.

Magoua commençait à bien le connaître. Assez pour déduire que la mort d'Amélie-Ange permettrait au prêtre de justifier sa présence en ces lieux, car, à tout instant, on pouvait le rappeler dans les missions. Selon Magoua, les autorités militaires préféreraient voir Joachim avec les alliés du Ouisconsin et de l'Ohio plutôt que sous les jupes de l'Église! Joachim se demandait d'où Magoua tenait ces informations.

— L'important, c'est de savoir et non de savoir d'où l'on sait, dit Magoua en visant une tourte.

Il tira. Trois oiseaux tombèrent au sol.

À Québec, le père La Bruguière traversait la place Royale en ruines. Depuis qu'il avait rejoint cette capitale, cinq à dix incendies se déclaraient par jour. Sitôt qu'une maison s'enflammait, les batteries anglaises redoublaient leur tir pour empêcher qu'on éteignît le feu. Pas un quartier n'y échappait. La Bruguière jugeait que le général Montcalm manquait d'esprit de décision: la première chose à faire était de reprendre l'autre rive du fleuve en y envoyant de bonnes troupes. Non seulement le général sauverait ainsi la ville, mais il verrouillerait le fleuve et empêcherait la flotte anglaise de débarquer ses soldats où elle le voulait. Peut-être alors obligerait-il l'ennemi à l'affronter sur le terrain qu'il avait choisi, c'est-à-dire à l'est où il avait concentré toutes ses forces dans des retranchements imprenables.

En attendant, les boulets et pots de feu pleuvaient sur Québec jusque sur le toit du siège épiscopal qui était pourtant construit dans la haute ville. Il faut dire que les Anglais s'acharnaient sur les églises et demeures bourgeoises, croyant que leurs murs plus épais permettaient qu'on y cache les munitions de guerre. Aussi le palais de l'évêque était-il à moitié détruit. Des séminaristes veillaient désormais nuit et jour pour éteindre les flammes à mesure qu'elles surgissaient dans la partie intacte.

La Bruguière rejoignit Monseigneur Pontbriand à côté de la voûte où il conservait son vin, car le prélat recevait maintenant à la cave. Il tardait à évacuer la ville, on ne savait trop pourquoi, car sa santé était très affectée. Tous les ordres religieux envoyaient régulièrement des délégations pour demander des secours: les besoins dépassaient tout ce qui était imaginable. Dans cette désorganisation, les jésuites étaient arrivés à maintenir une présence constante auprès de l'évêque et avaient offert leurs bons offices pour trier et protéger les archives de l'Église. La Bruguière considérait comme une faiblesse politique de la part de Monseigneur Pontbriand d'avoir acquiescé: tolérer les jésuites dans les archives, c'était mettre soi-même le ver dans le fruit! Il avait l'intention de mettre l'évêque en garde sur ce point, mais il le trouva en réunion avec le secrétaire du gouverneur et le conseil militaire. Monseigneur Pontbriand présenta le brigadier général Lévis au chanoine, de même que le capitaine Dumas qui avait servi à fort Duquesne au pays de l'Ohio. Le nom du père Joachim de Margerie, dit Lefranc, surgit bientôt dans la conversation. La Bruguière se demanda ce que son missionnaire avait encore fait de répréhensible.

— Le général Lévis croit que le père de Margerie pourrait être d'un grand secours dans les pays de l'ouest, expliqua l'évêque.

Le général Lévis renchérit:

— Père La Bruguière, vous n'êtes pas sans savoir que pendant que nos troupes défendent Québec, l'ennemi en profite pour avancer dans le continent. Niagara ne serait pas assiégée actuellement si les Illinois s'étaient unis aux troupes de Pontiac pour barrer la route aux Anglais. Il n'est pas sûr que nous devrions aujourd'hui nous replier partout si notre alliance avec les Indiens n'avait faibli cette dernière année.

Fronçant les sourcils, La Bruguière répliqua:

— Je vois où vous voulez en venir, général, mais je dois vous rappeler que l'Église, et particulièrement mon ordre missionnaire, a fait beaucoup pour entretenir cette alliance. La guerre dure depuis sept ans, et les Indiens ne sont pas habitués à guerroyer si longtemps.

— Père La Bruguière, intervint l'évêque, ce que le général nous demande, c'est de renvoyer le père de Margerie dans les missions de l'ouest.

— Pour y mener la guerre?

— Pour maintenir et renforcer l'unité des peuples contre l'ennemi commun! Appelons ça faire la guerre, si vous voulez!

— Monseigneur, c'est beaucoup demander à un homme. Joachim de Margerie a trop souffert là-bas pour que je l'y renvoie si tôt. Nous le perdrions à tout jamais: son âme est atteinte... son corps aussi. L'envoyer là-bas nous obligerait vite à l'interner avec les fous. Mais s'il refait ses forces cette année, c'est un géant qui se lèvera ensuite pour porter la croix du Christ dans les contrées inconnues, jusqu'au pays des Mandanes. Aujourd'hui, je me vois dans l'obligation de vous dire non. Joachim de Margerie est avec nous. Je veux le garder près de nous. Il lui faut retrouver le plaisir simple de prier, d'honorer Dieu. C'est lui qui a besoin de nous, et non le contraire.

Le général insista:

— Il me semblait fort d'aplomb lorsque je l'ai rencontré à Montréal. Peut-être dois-je mieux exposer la situation. En plus des troupes qui assiègent Québec, deux armées convergent vers nous, l'une par les Grands Lacs, l'autre par le bassin du lac Champlain. Il faut leur faire obstacle de tout. Créer des difficultés sur toutes les frontières de la Nouvelle-Angleterre. Si ces armées ne réussissent pas à avancer, elles pourriront sur place et nous pourrons alors jeter toutes nos forces dans la bataille de Québec. Votre petit prêtre peut nous aider à faire cela.

— Mon «petit» prêtre n'est plus assez prêtre pour jouer au soldat ni au diplomate.

— Ce n'est pas l'opinion que j'ai de lui!

— Je ne demande moi-même qu'à changer mon opinion. Mais j'ai trop d'affection pour cet homme pour le renvoyer dans ce qui est un enfer pour lui. Et je dis bien l'enfer! Celui qu'il voyait dans son délire lorsque je suis allé le chercher.

À ce moment, le bombardement reprit. Un boulet traversa les cloisons pour s'écraser sur le dernier parquet de l'édifice. Ensuite, il se mit à débouler tranquillement dans l'escalier menant à la cave. Le fer en était rouge et des séminaristes suivaient sa trajectoire pour éteindre la trace de feu qu'il laissait derrière lui.

Voyant cela comme un présage, La Bruguière conclut:

— Joachim de Margerie restera où il est.

Magoua dépluma ses trois tourtes et les mit sur la broche au-dessus d'un grand feu qu'il avait allumé près de la rivière. Alexis attendait de voir ce que Magoua lui avait promis d'accomplir. Lorsque les oiseaux furent bien cuits, Magoua en donna un à l'enfant, après avoir balancé la carcasse quelques secondes sous le vent afin de la faire humer aux esprits protecteurs.

— Tu diras à Joachim que Magoua On Do reçoit l'avis des anciens dieux du fleuve et de la rivière. Une âme est partie hier pour rejoindre la nation sans visage, celle des morts de Machiche. Paix et honneur à nos âmes protectrices!

Magoua lança une tourte à l'eau. Alexis l'imita. Ils se partagèrent l'oiseau qui restait.

— Tu diras à Joachim que les dieux du fleuve ont reçu l'offrande. Les âmes veillent sur nous!

Comme Alexis allait croquer dans la chair dorée, Magoua l'en empêcha d'un geste brusque.

— Avant, il faut dire le bénédicité! La nouvelle religion est encore meilleure que l'ancienne.

Avec humilité, ils récitèrent la prière à l'unisson.

La nuit vint. Marie l'Escofiante avait rejoint Joachim qui dormait, comme agité de fièvre. Couchée près de lui, elle lui caressait le front. Elle le calmait, le dorlotait. Elle l'embrassa... Soudain il se redressa dans le lit et appela d'une voix angoissée:

— Anne, Anne!

— Qu'est-ce que tu as?

Il mit un temps à se rendre compte qu'il venait de rêver, il comprenait toutefois qu'il avait blessé Marie l'Escofiante.

— Rien, dors!

Il se recoucha, se tourna de côté, les yeux grands ouverts. Il était nerveux.

— Tu veux que je parte? demanda la jeune femme.

— Oui, tu devrais. Ce serait mieux.

Marie l'Escofiante se leva en furie, remit sa jupe et sa chemise.

— Tu es prêtre, l'oublies-tu? Tu n'as pas le droit de me renvoyer pour une autre. Si j'ai besoin de toi, tu dois être là.

— Quelle étrange loi! Qui l'a écrite?

— Si tu tombes dans ses griffes, elle va te garder pour elle toute seule. Tu ne pourras plus jamais m'aimer!

— Je n'ai pas le droit de t'aimer. Ni toi ni aucune autre!

— Elle, tu l'aimes!

— Tu ne peux le savoir.

— Tu n'as pas le droit! Je n'ai plus personne, personne!

Elle sortit, la rage au cœur.

Alexis qui couchait à la belle étoile vit Marie l'Escofiante qui pleurait, appuyée contre un arbre. Il s'approcha d'elle, l'enveloppa d'une couverture, la prit dans ses bras. Avant de se rendormir sur son épaule, il lui dit:

— Pleure pas! Moi, je t'aime.

Joachim quitta son lit avec l'intention d'apaiser Marie l'Escofiante, mais il s'arrêta sur le pas de la porte, craignant d'envenimer plutôt les choses. Comment les femmes savaient-elles si bien lire dans le cœur? Marie l'Escofiante avait perçu les mouvements de son âme mieux que lui-même. C'était bien ce qu'il vivait à nouveau: un appel amoureux, imprécis mais réel, qui allait en grandissant.

Joachim ne voulait plus aimer. L'Église aurait dû être son salut, La Bruguière, son rempart. Joachim n'avait qu'à écouter son supérieur, à lui obéir, à se faire violence, et il trouverait cette paix des cœurs sans blessure. «Est-ce Dieu ou est-ce Diable qui me ramène ce tourment de l'âme?»

Tout amour est souffrance. Joachim savait de façon sensible qu'il affrontait à nouveau les délices de l'amour qui torture. Déjà, il sentait sa poitrine lui faire mal, un couteau lui déchirait le ventre, le plomb brûlant de la vie coulait dans le moule de ses blessures. Les tempes allaient lui éclater, gonflées d'un sang qui bouillonnait de rage et de bonheur. Les Érinyes, les mouches de l'enfer, bourdonnaient à ses oreilles. Joachim, affolé, se croyait dans une forêt de songes. Mal, quelque chose lui faisait mal.

Il fit quelques pas dans la nuit éthérée. Une hirondelle se posa sur son épaule. Était-ce une déesse antique se métamorphosant pour parler aux humains? car d'ordinaire, cet oiseau ne vole pas dans le noir. Elle trissa une note légère qui le consola de l'âpreté de la vie. Puis elle s'envola.

Postés sur la place du village pour flairer la gent féminine, l'Ocle-l'Œil et l'Eugène dans sa voiture à chien aperçurent Alexis et Nicholas qui revenaient de la chasse avec les carnassières remplies de tourtes, de rats musqués, de lièvres et de perdrix. Point de grosse venaison, mais en ces temps de disette et de réquisition, cette chasse représentait l'abondance. L'Eugène et l'Ocle-l'Œil les enviaient, car eux aussi avaient été autrefois de grands chasseurs. Leur estomac nourri de soupe aux pois leur reprochait aujourd'hui leur infirmité. Le chien de l'Eugène se redressa à l'approche des deux jeunes amis.

— Cul du Christ! s'exclama l'Eugène, vous allez passer à côté de mon chien sans le nourrir? Bâtards de sauvages, vous avez pas de cœur!

Alexis, ignorant l'insulte, convint que le molosse avait droit à sa part. On ne pouvait provoquer ainsi une si formidable bête. Il lui jeta des morceaux de viande et resta un moment pour s'assurer que les hommes ne lui prendraient pas sa pitance. Précaution inutile, car l'Eugène aimait tellement cet animal qu'il se privait souvent pour le nourrir.

Au même moment, à la forge du village, Aurélie ajustait un fer au vieux cheval de la seigneuresse. Le fer ne convenant pas, elle le chauffa et lui donna une nouvelle forme. Joachim rejoignit Anne qui aidait au ferrement.

— Vous partez, madame?

— Je vais à la mission des Abénaquis pour y prendre de la poudre et un canon.

— Je vous accompagne, madame. Ces âmes de la forêt n'ont pas vu de prêtre depuis longtemps.

Anne était visiblement embarrassée.

— Mais que vont dire les gens?

— Je suis prêtre.

— Et si vous étiez déserteur comme d'aucuns le disent? La mascarade est facile.

— Le croyez-vous?

Joachim roulait son chapeau entre ses mains et baissait la tête comme un pénitent. Aurélie l'observait du coin de l'œil. Tout en aidant à ferrer le cheval, Anne hésita avant de répondre:

— Non, ce sont des sornettes! Mais on dit bien d'autres choses de vous.

Se donnant un air parfaitement innocent, Joachim la défiait du regard.

— Et quoi donc?

Troublée comme par la visite d'un ange, Anne n'arriva qu'à balbutier:

— Que la nuit... une femme... une femme... la nuit...

Désarmée, elle sourit. Elle prit le chapeau des mains de Joachim et le lui remit dignement sur la tête.

— Mais ce ne sont que médisances, clama-t-elle.

Le martèlement du fer sur l'enclume ajouta la note parfaite à cette sérénade diurne. Alors qu'elle refroidissait le fer brûlant dans l'eau, Aurélie entrevit à travers la vapeur la silhouette d'un ours qui passait devant les portes ouvertes.

Un rayon de soleil léchait la limaille répandue dans l'atelier. Marie l'Escofiante vint se poster sous le porche et, telle une martyre accablant son bourreau, elle dévisagea Anne avec des yeux douloureux.

Effrayé par l'ours, le vieux cheval rua. Aurélie ordonna à Marie l'Escofiante d'éloigner son martin et reprit, en maugréant, son travail de maréchal-ferrant. En sueur, dans sa forge trop chaude tout à coup, elle pestait contre les histoires de cœur. Avait-elle le temps, elle, de penser à ça quand elle travaillait comme un homme, tandis que son mari était peut-être en train de se faire étriper, saigner, décapiter?

Avec délicatesse, Joachim lui essuya le front et les joues avec son mouchoir. Ni Anne ni Marie l'Escofiante ne dirent mot. Aurélie, attendrie, se sentait comme une Madeleine au pied du Christ. Joachim répondit finalement à Anne:

— Oui, ce ne sont que médisances!

Anne et Joachim, après avoir confié la petite Ève à une aimable amie, quittèrent le village dans une voiture tirée par une vieille rosse. Alexis et Nicholas les regardaient partir avec regret. Pourquoi ne les emmenait-on pas?

En voyant passer l'équipage, les commères y allèrent de leurs commentaires qui aboutirent aux oreilles de Lucienne. À propos de la nourrice renvoyée si mystérieusement, l'aubergiste fit valoir qu'Ève était sevrée et que d'ailleurs les dents lui perçaient. Pour le fils qu'on n'emmenait point, elle rappela qu'en regard de la composition des milices, il portait fusil et devait rester avec les autres.

Mais au dernier sujet d'indignation des commères, Lucienne ne sut répondre. Marie l'Escofiante suivait le tombereau comme une pénitente derrière la croix à la Fête-Dieu, et Joachim ne la regardait même pas. Pourtant l'opinion était si tolérante et les humeurs si joyeuses quant à leur liaison. Cette pauvre Marie l'Escofiante, elle faisait peine à voir, et Lucienne en était bien attristée.

— Ben quoi, dit-elle avec philosophie, c'est qu'il se passe autre chose! Mais c'est pas bien d'en jaser! Jaser en mal, c'est un péché!

— Oui, répondit l'aïeule Guillemette, et ce péché-là, j'sais bien pas à qui on pourrait le confesser!

Les femmes n'en jasèrent pas moins.

Marie l'Escofiante suivit la voiture pendant une heure. Arrivée à une source, elle se désaltéra, tout comme son ours. Elle fit un signe d'adieu à Joachim qui se retournait pour la voir. Elle le crut malheureux, car son visage montrait les tortures du déchirement et elle lui pardonna parce que la souffrance est signe de bonté. C'était un fameux coquin; même après cet abandon, il suscitait encore la tendresse. Marie l'Escofiante se dit qu'elle saurait bien le reprendre.

Anne fouetta la vieille jument et lui fit retrouver pour quelques minutes l'allure d'un jeune coursier. Le cheval se fatigua vite et n'avança plus que lentement. Avec ce silence que Marie l'Escofiante avait réussi à installer entre Anne et Joachim, le trajet n'en paraissait encore que plus long.

Au bout de quelques heures, Anne regretta de n'avoir pas pu partir par la rivière en canot d'écorce. Elle serait déjà arrivée. En été, c'était la plus rapide des manières de voyager. Depuis son enfance, elle manœuvrait avec art cette fragile embarcation qui avait permis aux Français de parcourir l'Amérique dans toute son étendue. Mais l'armement qu'elle allait chercher était trop lourd pour un esquif de cette légèreté.

Le cheval tirait péniblement sa charge dans un misérable chemin de forêt, tracé si récemment qu'il était encore entravé de souches et creusé de fondrières. La guerre avait interrompu ce projet du grand Voyer qui rêvait d'ouvrir l'arrière-pays au développement agricole. La seigneuresse, qui avait déjà vu pire, se tirait bien d'affaire.

Joachim se laissait conduire en lisant son bréviaire. Anne supportait mal cette nonchalante piété.

— Je vous trouve bien songeur! lança-t-elle, soudain.

— Pas tant que vous! À quoi pensez-vous?

— Vous devez bien le savoir! Cette dompteuse d'ours...

— Ah oui?

— Je crois, monsieur, que vous devriez être au village où vous attend une femme de grande beauté. Ce n'est pas d'être prêtre qui vous retire la nature d'homme, à ce que je vois. Le sacerdoce a peu de prise sur vous!

— Si je vous ai offensée, c'est sans le vouloir. Je voudrais vous voir heureuse.

— Je vous crois bien plus malheureux que moi!

— J'ai beaucoup souffert et du corps et de l'âme, et il paraît que j'ai une créance dans l'au-delà. On me doit un solde de bonheur pour prix de mes infortunes.

— À ce prix, j'avoue ne pas avoir mérité. La vie a toujours été facile pour moi.

— Elle ne l'est plus.

Attristée, Anne baissa les guides. Le cheval ralentit. Elle regarda Joachim.

— C'est vrai, elle ne l'est plus.

— Et moi, je vous chagrine en plus? Je suis donc si mauvais prêtre? Voulez-vous que je quitte Yamachiche?

— Non, mais non!

Ils restèrent un moment sans rien dire. Le mur d'interdits qui les séparait n'était plus que mince parchemin. Et déjà il brûlait. Joachim effleura la chevelure d'Anne, ses joues aussi douces que la peau d'un nouveau-né. Elle ferma les yeux, ressentant l'envoûtante naissance du désir.

Cette fois, c'est Joachim qui eut peur! Il descendit de la voiture pour dégager le chemin des branches qui le bloquaient. Tous deux résistaient à l'appel des sens. Mais avec quels regrets!

Soudain, ils entendirent des cris amusés qui venaient d'une prairie tout près. Des Indiennes ramassaient des fruits dans un champ de framboisiers, à cinq cents pieds du village.

Il s'agissait d'un établissement temporaire, car les Abénaquis vivaient plutôt sur la rive sud du fleuve. Comme ils possédaient des territoires de chasse au nord, ils avaient construit cette mission qu'ils n'habitaient habituellement qu'après les moissons. Le siège de Québec et la menace d'invasion avaient incité des familles à s'installer ici pour la durée de la guerre.

Autour de quelques habitations érigées à la française, ils avaient construit des wigwams, renouant avec la manière ancestrale, si bien que l'endroit ressemblait à une bourgade algonquine.

Comme à Yamachiche, il n'y avait plus d'hommes. Tous étaient partis se battre à Québec. Et de bon cœur! Avec en tête des idées de vengeance! Car l'antique nation, décimée, chassée de la Nouvelle-Angleterre par les perfides Bostonnais, avait dû se réfugier chez les Français pour éviter l'extermination. Et maintenant, chaque guerre de la Nouvelle-France était leur guerre. Ils formaient une troupe d'élite que les Anglais craignaient comme le diable.

À l'entrée de la mission, des scalps accrochés à un poteau flottaient au vent. Joachim revoyait une scène familière. Sitôt que le cheval atteignit les abords du village, une meute de chiens aboya et le cheval, nerveux, rua dans le bacul. Des femmes voulaient les chasser, mais n'y arrivaient pas. Puis une fragile créature sortit de la maison surmontée d'une croix et traversa la meute en furie. Anne la reconnut.

— Marian! C'est Marian, ma sœur!

— Votre sœur?

— Ma demi-sœur! Nous avons le même père. Sa mère était une Abénaquise, son grand-père, le Sagamo.

Joachim grimaça un peu à ce dernier mot qui évoquait la sorcellerie indienne. Son cœur s'adoucit quand il vit approcher, d'une démarche lente et gracieuse, cette femme toute frêle. Elle portait des vêtements d'homme et souriait à la façon des religieuses contemplatives. Joachim s'émerveilla:

— C'est Jeanne d'Arc!

Comme le cheval piaffait, Marian le calma d'un geste. Les chiens jappaient toujours, la gueule baveuse, elle leva la main au ciel: les chiens se turent et se couchèrent en silence à ses pieds. Un calme inexplicable s'établit et le vent se fit plus léger. Joachim entendit à nouveau le trissement de l'hirondelle qui, cette fois, tournoyait au-dessus d'eux.

Anne embrassa sa sœur.

— Bonjour, Marian!

— Bonjour, Anne! Bonjour, mon père!

— Je viens chercher le canon, avec la poudre et les boulets.

— La guerre est donc si vive? demanda-t-elle avant de fixer Joachim d'étrange façon.

Elle lui prit la main.

— C'est lui, la nouvelle robe?

Elle fut soudain en proie à une sorte de crise mystique durant laquelle elle ressentit la plus vive angoisse. Elle apostropha Joachim:

— Dieu vous parle à vous aussi?

Elle tremblait, les cailloux s'envolèrent autour d'elle comme si une trombe de vent les emportait. Puis, réfugiée dans un monde intérieur, elle marcha devant eux. Joachim ne pouvait que la comparer à sainte Geneviève ou à la pucelle d'Orléans. Comme ces femmes, elle portait en son âme la souffrance des peuples, ce qui faisait de son cœur une chapelle vivante, d'ailleurs reconnaissable par ce halo de lumière qui l'auréolait. Maintenant les deux sœurs, bras dessus, bras dessous, marchaient dans l'éclat de leur beauté.

Dans ce village sans hommes, Joachim faisait lui aussi figure d'apparition. À peine l'hirondelle noire eût-elle cessé de virevolter au-dessus de sa tête, qu'il fut entouré de charmantes sauvagesses qui lui montraient, pour les faire bénir sur leurs seins, les croix, chapelets et scapulaires qu'elles portaient comme des colliers.

À l'expression soucieuse d'Anne, Marian devina quelque ennui: elle éloigna la nuée féminine avec la même autorité qu'elle avait employée pour assagir les chiens. Elle tira définitivement d'embarras sa demi-sœur en l'invitant dans sa maison.

— Rentrons, il va pleuvoir!

Joachim regarda le ciel azur où trônait un soleil triomphant.

— Mais le ciel est sans nuages! dit-il.

Aussitôt le tonnerre roula. L'horizon s'obscurcit d'un nuage noir d'où jaillirent des éclairs dignes de Zeus. La pluie tomba comme averse d'automne. Joachim resta un moment à observer le phénomène, puis trempé, mais convaincu d'un signe de Dieu, il entra en annonçant qu'il dirait la messe dans cette demeure. Des dizaines de femmes, mères, jeunes filles et grands-mères, attendaient dehors, devant la porte laissée ouverte. Les chrétiennes furent autorisées à rencontrer le prêtre. Marian constata qu'il y avait tout à coup plus de converties qu'elle ne le croyait. À sa façon, Joachim faisait lui aussi des miracles.

Le Sagamo arriva sur ces entrefaites. C'était le grand-père de Marian! Il avait cent ans, disait-on. Il s'assit au milieu de la pièce et dévisagea Joachim d'un regard perçant.

Autour d'un tableau montrant Louis XIV en guerrier antique, des trophées de guerre et des drapeaux donnaient un air d'oratoire à cette demeure indienne garnie de peaux lustrées, de wampums précieux, de fusils et de haches.

Tous s'assirent à l'indienne sur des peaux près du petit poêle de fonte où Marian fit chauffer une infusion de café. Joachim se prépara pour dire la messe et installa son autel sur des barils de poudre. D'autres vieillards, des femmes et des enfants vinrent grossir l'assemblée.

Le centenaire s'approcha de Joachim et chanta en guise de bienvenue le récit des exploits des ancêtres. Durant ce temps, Marian offrit le précieux breuvage à Anne. Elle lui demanda à mi-voix:

— Pourquoi viens-tu me voir? Ce n'est pas pour les munitions. Tu aurais envoyé quelqu'un d'autre! C'est pour lui?

— Peut-être!

— Sûrement! Il te trouble... Ton esprit est assiégé... Tes yeux ont du mal à voir la terre où tu marches.

— On dirait que tu le connais mieux que moi!

— Tous les Indiens le connaissent, même sans l'avoir vu. Ils l'appellent l'homme-étoile. Parce qu'il brille de l'éclat divin. Sa renommée est plus grande que la forêt.

— Voyons, tu veux rire, c'est un moine à cinq sous, un penaillon, une erreur de sacerdoce. Et toi, tu me dis que c'est un saint? Illustre en plus? Voyons! Personne ne sait d'où il vient.

— En matière de sacré, les Blancs sont des ignorants.

La harangue du Sagamo était devenue dialogue. Avec force gestes, Joachim rendait hommage au centenaire. Les Indiennes se rapprochèrent davantage du prêtre. Anne, un peu jalouse, remarqua sa manière habile de les envelopper, de les séduire.

— Puisque tu sais tout, dit-elle à Marian, savais-tu qu'il couche avec les femmes?

— Oui, mais pas avec toi.

— Ça, jamais!

— Pourtant, tu l'aimes!

— Moi? Crois-tu que je vais me laisser allonger par un coureur en soutane? C'est tout ce que je vaux, tu penses?

Tout en continuant son conciliabule avec le Sagamo, Joachim tendait l'oreille de temps en temps en direction des demi-sœurs. Dans son récit, il en était rendu au combat des ours et des loups. C'était presque une danse: Joachim raconta l'ours, le vieillard raconta les loups. Marian oublia que celui dont elle parlait pouvait l'entendre.

— Comment peux-tu le connaître si tu n'as pas vu ses blessures? Les grandes amours en sont toujours couvertes.

— Il ne mérite pas mon affection!

— Mais toi, mérites-tu la sienne? Tu as peur de souffrir. Lui, non! Il a souffert, il a connu l'amour, le vrai. Mais toi, pas encore. Tu as toujours fui. Tu n'aimais pas ton mari et lui non plus ne t'aimait pas.

— Comment peux-tu parler ainsi? Tu n'as jamais connu d'homme, tu es vierge!

Anne s'était emportée: tout le monde avait entendu et se tourna vers elle. Joachim semblait avoir de la peine. Il délaissa la compagnie du vieil homme et, méditatif, retourna à son autel où il mit chasuble, étole et manipule. D'un regard blessé, celui du loup transpercé par la lance du chasseur, il dévisagea Anne qui détourna les yeux. Il fit le signe de croix, tous s'agenouillèrent et il commença la messe. En ouvrant la porte du petit tabernacle, le prêtre poussa un cri. Un rat maladif en sortit. Il avait grignoté toutes les hosties. Trop apeuré pour fuir, il se coucha sur l'autel. Joachim recula, pris de dégoût.

— Sorcellerie!

Les gens surpris s'approchaient pour voir cet animal inconnu d'eux. Le centenaire le prit dans ses mains, admiratif. En abénaquis, les femmes posèrent des questions à Marian. «Quelle bête étrange, c'est un écureuil? Un écureuil sans poil! A-t-il offensé Dieu? C'est une femelle: elle est engrossée!»

Anne franchit, en esprit, l'espace qui la séparait de cette autre culture qui lui était parfois si proche. Joachim était outré, elle, pas du tout.

— Ils n'ont jamais vu de rat. Pour eux, ce maléfice est un bienfait.

— La rate a mangé les hosties, je vais la tuer!

Joachim voulait écraser la bête. Le centenaire l'en empêcha, disant dans sa langue:

— Regarde comme elle est fertile. Est-ce parce qu'elle a mangé la semence de Dieu?

Avec circonspection, Joachim prit la bête dans ses mains et lui caressa le ventre.

Marian, charmée par la douceur du prêtre, murmura à l'oreille de sa sœur:

— Il sera à toi, rien qu'à toi. Aux yeux de Dieu, Anne et Joachim sont deux noms de fertilité. À la Sainte-Anne, l'amour va exploser comme de la poudre! À la Sainte-Anne...

En ce 25 juillet, veille de la Sainte-Anne, Marie l'Escofiante n'avait pas le cœur à la fête. Isabelle était partie tôt le matin avec l'ours et une bande de filles pour réveiller les enfants du village et les rameuter pour la farandole. Marie l'Escofiante ne s'était pas jointe à elles, car l'absence des jeunes hommes lui rendait ce jour un peu triste. D'autant plus qu'elle ne voyait plus Joachim qu'au prône, alors qu'il sermonnait comme un évêque.

Marie l'Escofiante sortit sur le seuil de sa maison pour observer la farandole. Alexis se gavait de petits fruits sauvages que les enfants avaient apportés pour l'ours. Les bras chargés d'iris et de roses, Anne marchait tranquillement vers Marie l'Escofiante. Que venait-elle donc lui reprocher? D'avoir suivi sa charrette?

Perplexe, la jeune femme alla à la rencontre de la seigneuresse qui, souriant, lui remit des fleurs. Indiquant le cimetière, Anne dit:

— Viens avec moi! Je partage les mêmes souvenirs que toi.

C'était là un grand aveu de sa part. Car si Marie l'Escofiante s'était servie dans la corbeille de noces d'Anne, celle-ci lui avait rendu la pareille. Plusieurs prétendants de Marie l'Escofiante l'avaient délaissée pour ne pas déplaire à Anne qui, sans se compromettre, entretenait chez eux un peu d'espoir.

La plupart étaient maintenant là, au cimetière. Les deux femmes partirent ensemble fleurir leurs tombes. Attirés par le tapage d'Isabelle et de sa bande, les gens qui sortaient de leurs demeures croisaient ces deux sœurs du destin. Des visages étonnés se retournaient sur leur passage.

Quant à Magoua, il se félicitait d'avoir ramené les morts qu'elles allaient honorer. Plusieurs avaient été tués en Ohio, d'autres aux frontières du New York, d'autres près du lac Ontario. De ses croyances ancestrales, Magoua avait conservé les rites de la mort et le respect des dépouilles. Lorsqu'il passait sur des champs de bataille, il s'informait des hommes de Yamachiche. S'il en trouvait, il les déterrait, les momifiait à la manière indienne et les ramenait dans un sac en peau de cerf. Il en était bien récompensé, car les veuves et les mères lui versaient cinquante livres pour le retour d'un défunt. Pour le corps du seigneur, il avait reçu trois cents livres.

Il avait beau dire qu'il l'aurait fait pour rien, ça l'embêtait de se retrouver parfois avec des squelettes non réclamés d'orphelins ou de délaissés. Lucienne lui remettait alors un petit montant, car elle entretenait avec l'au-delà des rapports très civils qui l'aidaient dans son commerce. «Lorsque les trépassés vous doivent de l'argent, disait-elle, ils s'arrangent toujours pour payer leur dette.»

Qu'Anne et Marie l'Escofiante s'unissent pour l'hommage aux disparus sembla à l'aubergiste un heureux présage. Comblés de l'affection des deux plus belles femmes du village, ces morts devraient bien se montrer reconnaissants.

Anne et Marie l'Escofiante, contournant les stèles et les croix avec beaucoup de grâce, déposaient leurs fleurs une à une, d'un geste quasi amoureux.

— Celui-là était pauvre mais brave, dit Anne.

— Celui-là, peureux mais habile, dit Marie l'Escofiante.

— Et celui-là, malchanceux.

— Celui-ci m'aimait.

— Celui-ci, je l'aimais.

Elles s'arrêtèrent devant la croix du Chevalier et posèrent sur sa tombe leurs dernières offrandes. Lucienne traversa lentement le cimetière pour les rejoindre. Désignant le grand nombre de nouvelles croix, elle dit:

— Ils priaient sainte Anne, la miraculeuse. Mais pour la guerre, il fallait prier Jeanne d'Arc. Abénaquis comme Français mourront sans la protection de la vierge libératrice! Elle voyait l'avenir, la mort et le feu. Et moi qui la prie, comme Marian, je vois la souffrance, la destruction des peuples du Saint-Laurent. L'Anglais et le sang se répandent sur nos rives avec des cris rauques de chiens de guerre. Souffrance, souffrance et mort!

Anne jeta sa dernière fleur.

— Que faire devant la mort?

— Recommencer la vie, dit Lucienne.

— Et avec qui recommencer la vie? demanda Marie l'Escofiante.

— Avec ceux qui restent, fussent-ils les plus misérables, les plus rejetés. Et parmi eux, choisir pour soi-même le moins indigne. Demain, c'est la fête de la fertilité, il faut par l'amour à nouveau défier la mort.

La veuve et la maîtresse, à présent amies, se donnèrent la main au-dessus de la stèle funéraire du seigneur. Une même pensée les habitait: la guerre avait pris le meilleur. Désormais, le meilleur naîtrait de ce que la mort avait oublié de prendre.

Elles rejoignirent les autres femmes afin de préparer la fête. Déguisée en saltimbanque, Isabelle jouait du tambour pour rassembler le village. Des gamins vêtus comme elle cabriolaient et faisaient les fous.

— Demain, criait-elle, fête de sainte Anne et de la fertilité, sera jour de bénédiction et de prière pour ceux qui croient aux faveurs de la vieille grand-mère de Jésus. Par piété et respect pour l'Église, les réjouissances ont lieu aujourd'hui, comme en une veille de Noël. Sont invités ce soir, au manoir de Yamachiche, les dansoteux, les dansailleuses et maîtres de musique, conteux, conteuses et tous ceux qui savent y faire en la ripaille.

Elle termina par un roulement de tambours, se remit en marche, suivie des enfants, et se dirigea vers un théâtre de marionnettes dressé près de la redoute. Les castelières commençaient une saynète. Alexis, qui n'avait jamais assisté à un tel spectacle, crut que les marionnettes étaient de vraies personnes. Il appela Joachim pour lui montrer le prodige.

Curieusement, l'Eugène et l'Ocle-l'Œil étaient au premier rang et riaient déjà. Les enfants s'attroupèrent, imités par les adultes. Mêlée à la foule, Anne vit venir Joachim et Alexis qui se joignirent au romérage. Et bientôt, bousculés par la vague des enfants qui s'agitaient, la seigneuresse et le prêtre se retrouvèrent tout près l'un de l'autre. Nicholas portait sur ses épaules sa petite sœur, Ève, qui riait. Elle sursautait parfois au bruit d'une grosse caisse qui accompagnait les moments les plus bouffons, criait alors, pleurait, puis se remettait à rire avant de se retrouver dans une colère indignée. Joachim la trouvait si charmante qu'il voulut la prendre dans ses bras. Anne craignait que sa fille s'effarouche, mais au contraire la petite se montra ravie. Joachim fit une remarque sur les signes tangibles d'intelligence qu'il percevait chez cette enfant. Son orgueil de mère ne pouvait résister à cet éloge délicat, Anne succomba. En reprenant sa fille dans ses bras, elle dit:

— Vous allez venir ce soir, père Joachim?

— Je voudrais bien, mais c'est une danse, et notre évêque condamne ces activités profanes.

— Ah, comme c'est dommage!

— Mais attendez... Je n'ai pas dit non!

Malgré qu'elle sourît, la seigneuresse ressentait un peu d'appréhension. Il arriverait bien un moment où l'un et l'autre ne pourraient plus se dérober. La farandole les sépara alors et Anne se retrouva comme suspendue au-dessus du vide, dans une attente involontaire. Elle ne saurait qu'au soir si le prêtre remplirait la promesse que ses yeux lui avaient faite. À moins que Dieu ne fasse de ce prêtre un ascète ou un angelot, Anne se promettait de l'affronter comme s'il était le diable qu'il fallait dompter! Si, du moins, il venait à la fête! Maudite farandole qui l'empêchait d'entendre un oui!... ou un peut-être.

Thérèse Nescambouït et Magoua jouaient une partie de dames en fumant la pipe. Magoua grognait et Thérèse s'empêchait de sourire: elle gagnait toujours à ce jeu, de même qu'aux osselets. Bâtie près de la grande rivière, leur demeure surmontée d'un toit de chaume pouvait ressembler à un ouvrage militaire par le nombre de meurtrières que Magoua y avait percées. Sa faiblesse défensive résidait dans le toit, mais il avait tout de même trois pieds d'épaisseur.

L'intérieur aurait paru assez démuni aux yeux d'un Européen, mais pour un Indien, les signes de richesse s'y étalaient avec éclat. Une véritable fortune! Pas moins de cinq wampums valant des milliers de livres décoraient les murs de l'unique pièce. Thérèse n'avait pas d'enfants, mais un coin de la maison était réservé aux besoins des enfants morts dont les mânes habitaient les lieux: poupées de porcelaine, colliers rituels et robes ornées de nacre attendaient près d'un berceau le retour de l'être chéri. Une plante aromatique brûlait dans un vase en or. Des masques funéraires, sertis de perles, se chargeaient de chasser les mauvais esprits.

Joachim entra brusquement en ébranlant les gonds. Alexis referma la porte avec plus de délicatesse. Joachim arborait un air sombre. Magoua le fit asseoir et lui servit un petit verre de fort que le prêtre, boudeur, repoussa d'un geste impatient. Se ravisant aussitôt, il avala l'eau-de-vie d'un trait.

Il se leva ensuite, regarda son fils et ses hôtes, puis marcha de long en large, s'engouffra dans l'abîme de sa pensée. Personne n'osait briser le silence. Joachim se frappa le front de son poing et s'arrêta devant Magoua à qui il demanda d'un ton résigné:

— N'est-ce pas le jour de la Sainte-Anne qu'un prêtre souffre le plus d'être ce qu'il est?

— Vas-y à la fête, tu es plus qu'un prêtre. Je sais que tu es un guerrier... et elle aime les guerriers!

Il fit un signe à Thérèse qui prit une clef sous sa jupe et déverrouilla un coffre d'où elle tira un magnifique costume de cérémonie, galonné d'or et enrubanné de satin. Magoua remit au prêtre une épée à la garde ornée de rubis, cadeau de Louis XIV à son père.

C'était la réponse que Joachim espérait. Il revêtit les vêtements du grand capitaine, gardant toutefois le collet de son ordre religieux.

— Te voilà homme d'armes! Prêtre-guerrier! s'exclama Magoua.

— Je l'étais déjà, dit Joachim.

— Aujourd'hui, tu le montreras aux yeux de tous.

Alexis se demandait à quoi rimait toute cette cérémonie. Magoua lui demanda:

— Tu l'as déjà vu se battre contre des loups?

— Oui!

— Et contre des hommes? Cette nuit, il doit se battre contre la mort!

Joachim approuva d'un hochement de tête. La Sainte-Anne n'avait que ce seul but.

Thérèse lui donna un poignard au manche sculpté dans un jade précieux et orné de pierres africaines qui, passant de main en main, avaient fait trois fois le tour de la terre. Elle lui dit:

— Prends! Moi aussi, j'aime mieux les soldats que les prêtres.

— Il importe que tous sachent que tu es désormais mon frère, ajouta Magoua.

— Je n'ai rien d'aussi précieux à te donner. Sûrement que cet habit et ces armes, tu les gardais pour tes funérailles.

— Je veux seulement que, ce jour-là, tu poses ta main sur mon front. Ce signe me suivra dans l'au-delà et tous reconnaîtront que je suis l'ami de l'homme-étoile. Il m'importera peu d'y apparaître en pelisse ou en droguet de pauvre, puisque je serai admirablement considérable.

Alors ils se firent des promesses solennelles, chacun décrétant qu'il n'avait jamais rencontré un homme tel que l'autre. Les mots les plus nobles franchirent la barrière de leurs dents. Et Thérèse tatoua sur la peau de chacun l'Oqui de l'autre, de sorte qu'ils s'échangèrent leurs esprits protecteurs.

Avant de partir, Joachim, un peu intimidé, se recouvrit d'une grande cape noire qu'on portait d'habitude pour se protéger de la pluie. Il avait chaud, mais heureusement la fraîcheur du soir arrivait pour le sauver.

L'Eugène et l'Ocle-l'Œil avaient commencé à fêter et s'amusaient avec les castelières qui leur faisaient un théâtre à leur façon. Voyant sortir Joachim et Alexis de chez Magoua, ils entonnèrent un refrain qui parlait d'un certain bâtard. D'ailleurs, depuis quelque temps, les chansons à propos de curés débauchés ne manquaient pas dans le répertoire des soirées de village. Celle que chantait l'Eugène était particulièrement paillarde et visait la réputation d'Alexis.

Joachim et Alexis s'arrêtèrent, considérant avec gravité la joyeuse compagnie. Ils ressentirent personnellement l'insulte, même si ces rimes constituaient un amusement à la mode.

— Tout le monde me traite de bâtard! s'exclama Alexis.

— Alexis, tu es de haute naissance. Non par ma race, mais par celle de ta mère. Tu es de la Nation-du-feu, ne l'oublie jamais. Tu feras de grandes choses.

Après un moment de silence, Alexis répondit:

— Bâtard, métis ou sauvage, quand je ferai parler le fusil, tout le monde me respectera. Je suis un noble.

Joachim observa son fils d'un œil admiratif et l'approuva d'un hochement de tête. Ils abordèrent le groupe. L'Eugène reprit la chanson avec plus d'entrain.

— *Ti-curé, curé noir,*
Lâche donc les fesses de ma bonne femme,
Ti-curé, curé noir,
J'te ferai manger le bâton,
Bedon didon dondaine,
J'te ferai manger l'bâton,
À faire chauffer l'croupion,
Qui veut cent francs pour un bâtard,
C'est ce qui m'donne pour ma bonne femme,
Après qu'a lui a tordu l'moignon.
Ti-curé, curé noir...

L'Ocle-l'Œil riait entre les couplets. L'Eugène lui fila un coup entre les côtes pour l'avertir de l'arrivée de Joachim. L'aveugle s'esclaffa:

— Oh, v'là l'curé fripon! Il va s'en faire d'autres, ce soir, des bâtards!

— Hé! Joachim, cria l'Eugène, on t'a amené des filles. Mais celles-là, c'est pas pour toi... Ah, ah, j'ai hâte d'entendre ton sermon demain! Juste pour ça, je vas aller à la messe.

Joachim demeura imperturbable, mais Alexis, offensé, montra les poings. Ne voulant pas être entraîné dans une échauffourée, Joachim retint son fils. S'en prendre aux misérables et aux gueux, c'était s'abaisser. En se disant cela, Joachim revoyait des images désolantes d'ennemis qu'il avait autrefois embrochés. Aujourd'hui, il trouvait qu'il y avait plus d'honneur à éviter la bataille. Quoique un mot bien placé...

— Si tu veux me blesser, dit-il au cul-de-jatte, pourquoi t'en prendre à cet enfant? Sais-tu que ce sont des hommes comme toi qui ont tué sa mère?

— Laisse-moi te dire que sa mère devait être une fameuse catin! La reine des putains, puisque son père était le roi des ivrognes.

Alexis resta de glace, signe qu'il envisageait une sournoise vengeance! Dans l'intérêt de tous, Joachim devait mener la discussion à son point final par un argument de poids.

— Tu t'emportes demi-canaille, répliqua-t-il. Mais, laisse-moi te dire une chose. Et vous tous, écoutez. Jésus lui-même est le bâtard de Dieu. Joseph n'est pas son père. Et pourtant, c'est ce bâtard qui a sauvé le monde.

Les paroles de Joachim firent effet. L'aveu de ses fautes troublait davantage que leur négation. Le Fils de Dieu, bâtard de la Vierge Marie? Celui qui osait faire pareille affirmation ne pouvait qu'être un fou ou un fameux philosophe. Peut-être un saint, ou un suppôt du diable! Mais il fallait bien rire encore!

L'Eugène rétorqua:

— Si j'avais mes deux jambes, je te botterais le cul. C'est tout ce que tu mérites, à part un crachat dans la face!

Comme il était trop court pour y arriver, c'est l'Ocle-l'Œil qui crachouilla. Miraculeusement, il atteignit sa cible en plein visage. Joachim porta la main à l'épée que venait de lui donner Magoua; il refoula avec peine une pensée assassine. Mais il était si rouge de colère qu'Alexis comprit qu'il n'avait plus à s'en mêler. Cela devenait une affaire entre hommes, même mutilés.

Les castelières, qui tout à l'heure s'amusaient, craignaient maintenant une rixe sanglante.

À la surprise générale, Joachim et Alexis renonçaient au combat et décidaient de rentrer chez eux. Magoua, venu voir ce qui se passait, s'approcha de l'Eugène et de l'Ocle-l'Œil pour entamer un sermon à sa façon. Déjà à quelque distance, Joachim se retourna tout à coup et lança un cri de guerre à la manière indienne. Cela ressemblait à un cri de bête enragée, au cri d'un lion de montagne percé de flèches et qui cherche le souffle d'une dernière et terrible bataille. C'était à la fois pitoyable et effrayant. Puis, Joachim se dirigea paisiblement vers sa cabane, pendant que les femmes s'enfuyaient, terrifiées. Interdits, les hommes le laissèrent en paix.

Un souvenir surgit à la mémoire de l'Ocle-l'Œil. Il avait déjà entendu ce hurlement qui vous glaçait le sang.

— Monongahéla! C'est là que je l'ai vu. Monongahéla! C'est le prêtre de la Monongahéla! Dis-moi, Magoua, sais-tu s'il était là?

— Qu'est-ce que tu racontes? demanda l'Eugène.

Magoua, qui comprit ce qui se passait dans le cerveau empoussiéré de l'Ocle-l'Œil, répondit:

— Moi, je n'y étais pas. Toi, tu y étais, tu devrais le savoir.

Monongahéla! Ce souvenir ancien troublait l'Ocle-l'Œil. Il se souvenait tout à coup d'un prêtre qui animait les troupes des alliés indiens. Ah, s'il avait eu encore ses yeux, il aurait pu effacer le doute! Monongahéla! La rivière de l'immortelle victoire française sur les troupes dix fois plus nombreuses du général Bradock et du colonel Washington. Devant l'écrasante supériorité anglaise, les chefs indiens avaient jugé la partie perdue d'avance et décidé de retirer leurs guerriers avant même le début du combat.

Tout reposait donc sur la milice composée, pour la plupart, d'adolescents. Le général Bradock montait de la rivière par un chemin étroit qui gênait le déploiement de ses soldats d'élite. Les Français avaient barré la route par une troupe de réguliers, vétérans des guerres d'Europe et envoyèrent les jeunes miliciens attaquer la colonne par les flancs.

Voyant cela, le prêtre avait accablé de honte les chefs indiens et touché si profondément leur orgueil qu'ils avaient résolu de mourir avec les jeunes Français. La fortune fit que la victoire choisit leur camp. Cela avait été un massacre, comme à la chasse à l'oie sauvage. Plus on voyait d'Anglais, plus c'était facile de les tuer. Leur nombre faisait leur perte. On en avait tué plus de mille, en ne perdant à peine que quelques hommes.

Le prêtre avait peut-être fait la différence. On le voyait au cœur de la bataille, là où le sang colorait les feuilles des arbres. Il avait amené ses ouailles aux limites de la furie guerrière. Ce n'étaient plus des hommes mais des démons, des démons envoyés par Dieu.

L'Ocle-l'Œil l'avait entrevu, ce prêtre, à travers la fumée blanche des canonnades, et il l'avait entendu hurler son terrible cri de ralliement, juste avant qu'une brûlante explosion ne lui ôte la vue.

L'Ocle-l'Œil ne savait plus. Ce prêtre, c'était peut-être Joachim.

La tristesse n'était pas absente de la fête qui se donnait au manoir de Yamachiche en cette veille de la Sainte-Anne. Musiciennes et jongleuses des alentours s'y étaient donné rendez-vous et menaient le jeu. Des femmes et des enfants masqués dansaient le quadrille et la farandole sur la musique d'Isabelle, pendant que Marie l'Escofiante faisait parader son ours au milieu de la grande pièce. De vieilles dames songeuses restaient en retrait.

Du dehors, venaient des bruits d'explosion, des pétarades, des cris admiratifs. On devinait des lueurs de feu d'artifice. Dans une plus petite pièce, on avait installé à nouveau le théâtre de marionnettes que manipulaient les habituées de cet art. Ce soir-là, il se jouait des farces drôles sur l'intendant. Le personnage d'un curé goûtait aux joies de la bastonnade.

Habillé en petit page, Alexis arriva seul et se dirigea directement vers Nicholas qui tenait sa petite sœur dans ses bras. Ève mangeait un morceau de gâteau qu'Alexis regarda avec envie.

— Tu en veux? dit Nicholas.

Ils se précipitèrent en riant vers la table qu'Alexis se mit à dévaster. Gâteaux au chocolat, soufflés divins, poudingues, galettes sucrées et croquignoles disparaissaient dans un ordre minutieux. Il était prodigieux qu'un si petit estomac engouffrât à un tel rythme. Surprise par l'exploit, Isabelle, avec des rires gamins, chatouilla le menton d'Alexis qui jeta les yeux sur le corsage qu'elle portait très décolleté, comme sa sœur.

Nicholas lui glissa à l'oreille:

— Ne regarde pas trop les filles, tu vas les allumer!

— C'est une fête, je fais rien de mal, répondit Alexis.

— Pauvre ignorant. Tu connais pas le secret de la Sainte-Anne? Tu sais pas que pour les femmes, c'est une nuit différente des autres?

— Quoi?

Un murmure soudain, puis une rumeur, un brouhaha!

Vêtu comme un égal du Roi-Soleil, Joachim faisait son entrée aux côtés de Thérèse et de Magoua, magnifiquement habillés eux aussi. Lumineux dans son costume du grand règne, Joachim sourit à son fils, rayonnant de fierté. Anne vint accueillir le «prince», au milieu de l'admiration unanime de ces dames. Seul l'ours grogna de mécontentement.

— Tais-toi, jaloux! ordonna Marie l'Escofiante, à nouveau sous le charme de Joachim.

Du fond de la salle parvinrent les ricanements de l'Eugène et de l'Ocle-l'Œil, puis un rire gras, un peu forcé. L'Eugène dit:

— La catin, la poudrée! Ha, j'croyais pas qu'il oserait venir!

Il s'était préparé pour accueillir Joachim de belle façon. Peu à peu, son rire si désaccordé devint communicatif. L'admiration se transformait en dérision. Sans comprendre pourquoi, Alexis se joignait à la moquerie. L'Eugène ajouta:

— Même son bâtard se tirebouchonne.

L'aveugle qui comprit qui venait d'entrer dit alors d'une voix tranchante:

— Tais-toi, l'Eugène, tu sais pas de qui tu parles!

Après mûre réflexion, l'Ocle-l'Œil considérait à présent Joachim comme un frère d'armes.

La voix de l'aveugle ayant été entendue de tous, les rires cessèrent. Un silence oppressé s'installa, comme celui qui précède les duels. Lisant gêne et malaise sur le visage d'Anne, Joachim ne releva point l'affront. Il ravala sa colère, amoindrit en lui-même l'humiliation subie, puis, le cœur piqué d'épines, il se réfugia à l'endroit le plus retiré de la pièce. Pour changer l'atmosphère, Magoua réclama du vin. Les castelières reprirent leur spectacle, en faisant toutefois disparaître le personnage du prêtre grivois.

Les mains chargées de victuailles, Alexis s'avança vers le théâtre, fasciné par les marionnettes.

Anne, en bonne hôtesse, commanda une musique appropriée et les convives s'attroupèrent autour d'un virginal pour écouter Nicholas qui maniait l'instrument avec virtuosité. Isabelle prit la petite Ève sur ses genoux et lui fit taper des mains au rythme de la gavotte. Chaussée de mules rouges, coiffée d'un béguin de dentelle ajourée, l'enfant portait une longue robe bleue, ornée de boucles et serrée à la taille par des rubans de soie. Échappant à sa protectrice, elle se mit à danser. Ses mouvements dénotaient une grâce qui étonnait, car elle venait à peine d'apprendre à marcher.

Désignant Joachim, Marie l'Escofiante se confia à sa sœur:

— Moi, je le trouve beau, et pourtant on se moque de lui!

— Il n'est pas laid, mais il est drôle. Son costume est démodé.

— Et puis? Demain, c'est la Sainte-Anne, une journée de fièvre! Ce jour-là, je ne regarde pas l'habit, je regarde celui qui le porte.

— Il doit connaître le secret de la Sainte-Anne!

— Un prêtre comme lui? Ah, mon Dieu, oui! Il s'est préparé, il a déjà goûté au miel de ce jour-là, c'est certain.

Plus loin, Lucienne, bien enfoncée dans un fauteuil, s'essayait encore aux prophéties avec Anne. Elle tendit un jeu de tarots à la seigneuresse qui, même si elle n'y croyait pas trop, tira une carte. La figure d'amour! Lucienne en était tout excitée.

— Demain, 26 juillet, jour des sens! Jour des femmes investies du plaisir d'un échange amoureux, inaccoutumé… Divin…

Elle fixa Joachim avant de continuer:

— Regarde-le. Il n'est pas beau, mais l'amour lui trace une beauté nouvelle, invisible au premier regard.

Anne était troublée plus qu'il n'y paraissait.

— Oui, il est beau! Et quels beaux habits...

— Qui peut le voir ainsi? L'œil de l'amour seulement!

— Ah, tu me désarmes, Lucienne! Je suis en deuil...

Les deux femmes contemplèrent le prêtre en silence. Il sentit tout à coup qu'on l'observait. Humilié, il cherchait à éviter d'attirer l'attention. Il se demandait si l'aveugle et le cul-de-jatte, qui riaient de bon cœur à l'autre extrémité de la pièce, savaient dans quelle intention il était là. Il croisa un instant le regard de Marie l'Escofiante qui arrivait à scandaliser sa propre sœur.

— Mais c'est un prêtre! C'est sacrilège! disait Isabelle.

— Il est beau... Il est beau... Et il n'attend qu'une parole de femme... Il s'en émane un fluide d'amour!

Comme s'il devinait la nature de leurs propos, Joachim baissa la tête pour dérober son visage à la considération publique. Peut-être sainte Anne ne le permit-elle pas, car la scène se colora alors d'une façon étrange. Joachim était presque lumineux dans son coin obscur.

— Sacrilège? dit Marie l'Escofiante. L'amour, c'est une prière! À la fête de sainte Anne, cela devient comme un miracle! Et avec un prêtre, imagine... C'est la montée au ciel!

Isabelle l'imaginait tellement bien que, pour la première fois de sa vie, elle sentit ses seins se gonfler et durcir dans son corsage. Un frétillement entre ses cuisses la poussait à y porter la main. Sa vulve chaude et gorgée de sang l'invitait à se frotter contre un corps. Alors, oui, elle imaginait bien.

La nuit avançait, on dansait sur un air entraînant que Nicholas jouait au virginal, accompagné à la flûte par Isabelle qui se penchait en cadence pour amuser la petite Ève. Alexis avait rejoint son père qui faisait manger des croquignoles à l'ours de Marie l'Escofiante. Voir disparaître ces friandises dans l'estomac de martin chagrina le garçon.

Marie l'Escofiante les accosta avec une bouteille de vin. Elle fit boire l'ours et Joachim, ce qui rendit Alexis encore plus malheureux. La jeune femme faisait des efforts pour tirer Joachim de sa mélancolie.

— On dirait pas que c'est la guerre! C'est une belle fête! Une belle nuit !

Il demeura silencieux, comme absorbé dans une vision. Pas plus que Marie l'Escofiante, les autres femmes ne comprenaient pourquoi il semblait si triste. Elles ne pouvaient savoir que cette fête lui en rappelait d'autres, du temps de sa jeunesse.

C'était par une nuit de la Sainte-Anne qu'il avait rencontré sa promise, son doux amour. À l'époque, celui qui se serait moqué de lui, Joachim l'aurait mis à mal. Il s'enflammait aussi vite que l'amadou, mais elle, par un sourire, avait le don de l'apaiser. Elle lui avait fait découvrir un monde où la dureté s'effaçait par la magie d'une tendre sollicitude. Souvenir ancien mais combien présent, qu'il chassa momentanément pour répondre à Marie l'Escofiante:

— Nous sommes au cœur de la guerre, Marie! Au pire de la bataille. Tu ne le sais donc pas?

Se détournant d'elle, Joachim se dirigea lentement vers le virginal où Nicholas cédait sa place à sa mère, en l'invitant à faire connaître aux autres les airs qui le ravissaient. Anne hésita un peu, puis se mit à jouer une musique céleste.

Joachim s'approcha d'Anne jusqu'à pouvoir sentir son parfum. Les notes s'éparpillaient autour de lui comme une pluie d'étoiles sonores. Envoûté, il se laissait envahir par la grâce de cette beauté immatérielle. Une impression de rêver! Percevant cette sensibilité à vif tout près d'elle, Anne jouait avec une extrême délicatesse. Soudain le cul-de-jatte poussa un cri:

— Lévesque! Lévesque!

Joachim se retourna, affolé.

— L'évêque?

— Le sergent Lévesque!

Un vieux militaire à la barbe blanche venait de franchir la porte. La salle s'anima. Les castelières laissèrent leurs marionnettes, les femmes se précipitèrent aux nouvelles: «Lévesque! Il a des nouvelles, il a vu nos maris? Il a vu nos hommes?»

Le sergent Lévesque, solide militaire de soixante-dix-huit ans, se traînait, épuisé. On lui offrit une chaise sur laquelle il se laissa choir. On fit cercle autour de lui. Un silence grave s'installa.

— Ah bonyenne! Des nouvelles? Ah bonyenne! Québec... La ville brûle, la nuite comme le jour. Heure sur heure! On trouve pas les rues. On reconnaît pas les maisons. Les murs tombent au fond des caves. C'est l'incendie, c'est la grande bataille. Mais on va gagner! On tient! Je vois pas l'heure que ça va finir!

Le sergent sortit de sa veste déchirée une enveloppe scellée qu'il remit à la seigneuresse. Pendant qu'elle lisait le document, toutes les femmes questionnèrent le militaire sur le sort de leurs maris. Anne imposa le silence.

— Écoutez! Écoutez toutes! La situation est grave. Écoutez! L'intendance se déplace vers Québec. Les armées ont besoin de toutes les munitions de guerre. Il faut vider les magasins, les redoutes et tout apporter là-bas. La bataille s'annonce décisive!

Magoua, réjoui par l'arrivée de Lévesque, s'approcha de Joachim. Il lui offrit à boire une concoction étrange.

— Tiens, soldat! Ça allume le feu de guerre!

Joachim fut à moitié assommé par le «feu de guerre». Magoua reprit sa bouteille et rejoignit le sergent Lévesque pour lui en offrir. Anne s'approcha de Joachim.

— Je pars demain, Joachim.

— Vous partez?

— Avez-vous de l'affection pour moi?

— Si j'ai de l'affection pour vous? Comment... comment le dire?

Elle l'entraîna à l'écart.

Le sergent Lévesque attirait toute l'attention, les questions tombaient sur lui comme la grêle. Seule Marie l'Escofiante observait, l'air chagrin, Anne et Joachim réfugiés dans une conversation intime.

— Si vous avez pour moi cette affection que je devine, dit Anne, vous partirez avec moi et me suivrez comme l'aumônier suit son régiment!

— Bien sûr!

La seigneuresse approcha ses lèvres de l'oreille du prêtre, afin que personne en ce monde ne l'entende:

— Et demain, jour de la Sainte-Anne, vous direz secrètement la messe pour moi.

Bouleversé, Joachim répondit d'une voix brisée un oui à peine audible, chétif. Il tremblait intérieurement. Les murs de Jéricho venaient de tomber, Pâris venait de ravir Hélène, Tristan et Iseult venaient de boire le philtre. La vie recommençait pour lui.

Il faisait nuit. Complètement ivres, Joachim et Magoua entrèrent dans l'église avec une provision d'alcool. Découragé par la conduite de son père, mais résigné car il n'y pouvait rien, Alexis se coucha sur un banc près du sanctuaire.

Joachim et Magoua rapaillaient les tuyaux éparpillés derrière l'autel de sainte Eutykenne avec l'intention de remonter le vieil orgue. Ils se chargeaient mutuellement les bras de tuyaux sonores qu'ils échappaient l'un après l'autre dans un vacarme assourdissant, ce qui provoquait leurs rires. Joachim rêvait à de grands projets.

— Il faut remettre l'orgue en marche et faire une admirable musique d'église... Il faut chanter la griève et fragile beauté du monde.

Il bascula dans les tuyaux d'orgue. Magoua le releva en riant.

— Joachim!

— Oui, Magoua!

— Prions la sainte, c'est elle qui nous terrasse. Nous sommes trop saouls.

— Tu as raison! Nous avons trop bu!

Ils s'agenouillèrent devant la sainte, Magoua entama une prière.

— Ô bonne sainte Eutykenne... Vous qui avez su résister à l'impie, faites que mon ami, le chargé d'âmes, ici présent à mes côtés, puisse sauver la sienne.

Joachim s'esclaffa. Puis redevenant sérieux, il essaya de se relever, il chancela.

— Laissons-la dormir, dit-il, si elle se réveille, elle va nous gifler.

— Au contraire! C'est la Sainte-Anne, elle va peut-être vouloir faire l'amour?

— Avec toi?

— Avec toi, c'est toi le prêtre!

— Oh, hé, oh! Justement, je suis prêtre!

— Ouais, et toi, tu connais le secret de la Sainte-Anne!

— C'est des histoires de bonnes femmes!

Joachim s'assit dans le banc, près d'Alexis. Magoua le rejoignit.

— Qu'est-ce que tu vas faire aujourd'hui? Elles sont toutes folles de toi! Hein?

— Avant, j'aurais su quoi faire. Maintenant, il y a une voix qui me parle.

— Ah oui? Et qu'est-ce qu'elle te dit, ta voix?

— Je ne sais pas, elle est saoule dans ma tête, comme si j'avais saoulé le bon Dieu.

— Ah, parce que c'est Dieu qui te parle?

— Écoute! Quand je fais l'amour... c'est Lui qui fait l'amour!

Magoua devint songeur. Il venait d'ouïr un dit extraordinaire: Dieu faisant l'amour à travers le corps de Joachim. Le sexe de Joachim serait le sexe de Dieu? N'était-ce point extravagant?

Aucun prophète ni même le Christ n'avait revendiqué un tel honneur, du moins selon les Écritures. Magoua demanda d'être éclairci sur ce mystère de la foi. Joachim répondit, d'un ton énigmatique:

— C'est une chose interdite aux prêtres parce que tellement sacrée qu'il faut un signe de Dieu! Seul Lui peut en décider. Mais quand ça arrive, c'est... c'est...

Il but un autre coup, se recroquevilla et s'endormit près d'Alexis. Magoua regarda la lampe du sanctuaire avec perplexité. La flamme tressauta comme si elle avait le hoquet. Magoua la salua en levant son cruchon.

— Santé!

Il garda les yeux fixés sur la lampe comme si elle recelait tous les secrets de l'univers. Mais bientôt le sommeil s'empara de lui et il y sombra en priant pour la fertilité des castors, source de sa richesse!

À l'aube, la tête reposant sur la même cruche, Joachim et Magoua ronflaient comme deux ivrognes. Un son aigu, désagréable, les réveilla soudain. Magoua tira son épée du fourreau. Un orgue doré se dressait au centre de la nef, brillant d'un éclat magique. Assis au clavier, Alexis s'émerveillait de la majesté de l'instrument! Magoua n'en croyait pas ses yeux.

— Qui a fait ça, ce sont les anges?

— C'est vous! Vous avez tout remonté. Vous faisiez du bruit comme cent diables!

— Jamais, nous étions trop saouls!

Joachim, mystifié, ordonna:

— Joue, Alexis!

— Moi? Je sais pas jouer.

— Jeune homme de peu de foi! dit Magoua.

Magoua actionna la soufflerie et Alexis mima l'exécution d'une œuvre. Alors l'orgue émit des sons bizarres, mais non vraiment déplaisants. Joachim en était attendri.

— Tu iras en France, Alexis, dans la vieille France. Tu deviendras maître d'orgue. Je ferai monter ici le plus grand orgue des deux Amériques et tu reviendras jouer la musique de Dieu et des rois. Maître Alexis.

— Maître Alexis, répéta Magoua, amusé.

Brusquement s'ouvrit la porte de l'église et l'orgue émit un sifflement terrible. L'Eugène entra, suivi de l'aveugle qui se boucha les oreilles pour ne pas entendre.

Ébloui par la lumière du soleil qui frappait l'orgue, l'Eugène poussa un «oh» admiratif. L'orgue se tut. L'aveugle souleva le cul-de-jatte et le porta jusqu'à Joachim devant qui il s'agenouilla.

— Bénis-nous, Joachim, nous allons combattre. Et, cette fois, une vraie bénédiction!

Surpris, Joachim ne bougea pas.

— Oublie ton orgueil. Nous allons mourir avant toi, dit l'Eugène.

— Est-ce qu'il me bénit? demanda l'Ocle-l'Œil.

— Allez, Joachim, bénis-le, au cas où... À moins que tu saches pas comment.

Thérèse Nescambouït entra alors dans l'église, un sac de voyage à l'épaule. L'Eugène s'adressa à Magoua.

— Tu pars avec nous, Magoua, on ne garde plus d'hommes en arrière dans le pays. Les frontières sont enfoncées, Niagara est tombée après la mort de mille hommes. Il faut nous mettre en route pour les dernières batailles, les plus dures.

Thérèse vint embrasser son homme, lui remit son sac et ses armes. Geste familier et grave en même temps!

— Si tu pars, Magoua, montre-leur qui tu es. N'oublie pas que tes ancêtres étaient le grand Aloysius et la princesse Angélique. Tâche de moins boire et arrange-toi pour me revenir.

Magoua s'agenouilla lui aussi devant le prêtre.

— La guerre sera vive, Joachim. Pardonne-leur à ceux-là, ils vont sûrement mourir. Ils n'ont aucune chance. C'est un sacrifice.

Joachim fit le geste attendu.

— Je vous bénis, hommes de courage.

— C'est bien, dit l'Eugène. Merci, homme de Dieu.

Les trois miliciens sortirent par la grande porte. Crachant et toussant, le sergent Lévesque, qui les attendait sur le parvis, ouvrait la marche et menait cette étrange troupe composée de Magoua, d'un chien qui tirait en voiture un cul-de-jatte à l'air féroce d'un conquérant, et d'un aveugle qui les suivait en se guidant par une corde attachée au véhicule. L'Ocle-l'Œil portait un sac duquel dépassaient des fanions et des tissus de couleur. Sa veste était couverte de drapeaux. Il se voulait d'une visibilité totale: pour pouvoir mourir à la place d'un autre combattant. Joachim les regardait partir avec un peu d'inquiétude. Il dit à Alexis:

— Voilà les nôtres. Ce courage porté par des débris humains... ce courage... prends leçon, Alexis. Qui pourra dire que nous ne sommes pas un grand peuple!

À ces mots, toutes les femmes de la milice sortirent des maisons et convergèrent vers l'église, traversant le cimetière, les champs, prairies et potagers. Marie l'Escofiante, Isabelle, Aurélie et toutes les autres, armées et décidées. Anne, qui portait sa fille, Ève, sur son dos à la manière indienne, prit la tête des femmes. Nicholas les précédait, le fusil et l'épée à la main. Joachim les reçut sur les marches de l'église et dit:

— Bonne fête de Sainte-Anne.

Debout dans la nef, les femmes essayaient de suivre une sorte de messe que Joachim, revêtu de l'étole et du surplis par-dessus ses hardes de coureur des bois, récitait à la vitesse d'un coursier. Les répons s'enfilaient les uns aux autres. Au bout de dix minutes à peine, il se retourna.

— *Ite missa est.*

Marie l'Escofiante se leva vivement et l'interpella.

— Vous venez avec nous, mon père?

Joachim prit les fusils et le barda que Lucienne avait préparés. Il regarda Marie l'Escofiante, puis Anne qui berçait sa petite Ève.

— Oui, madame, le jour de la Sainte-Anne, on ne laisse pas seules des âmes qui ont besoin d'un prêtre!

Anne lui sourit. Tandis que l'église se vidait, elle prit son temps pour replacer l'enfant sur son dos puis, discrètement, vint près du prêtre et dit tout bas:

— Ce soir, lorsque tout sera sommeil, si vous venez près de moi avec un cierge allumé, je le soufflerai!

Et elle souffla sur son visage avec une infinie délicatesse. Médusé, Joachim la regarda avec des yeux émerveillés qui se fermèrent bientôt, car il voulait retenir dans sa mémoire la vision de ce doux sourire et s'en imprégner jusqu'au plus profond de l'âme.

Se fit alors entendre une musique divine, une musique de grand maître. Assis à l'orgue, Alexis jouait comme s'il avait toujours su. Lucienne, que la curiosité avait retenue près de la porte, s'exclama:

— Miracle, miracle! Le petit joue sans avoir appris!

Joachim souleva les paupières et dévisagea Anne qui ne s'occupait ni de l'orgue ni de l'attroupement qui se formait autour de l'enfant prodige. La bouche d'Anne, comme illuminée de bluettes pétillantes, projetait le souffle exquis du désir sur le prêtre subjugué.

— Le miracle, c'est vous, murmura-t-il.

Ils se dévoraient des yeux et Marie l'Escofiante, un moment distraite par le prodige d'Alexis, se retourna brusquement vers eux. Elle s'attrista, seule à les voir.

Une fois dehors, Nicholas se demandait toujours comment Alexis avait pu réussir son exploit. Il en ressentait un peu de jalousie. N'était-ce point lui, le meilleur musicien de la paroisse? Puis il vit Isabelle, la sœur de Marie l'Escofiante, qui sortait de l'église en s'esclaffant. Était-ce elle qui avait rendu possible ce prodige?

Croyant avoir trouvé la réponse, Nicholas sourit de ce bon tour. Ramassant son fourbi pour l'expédition, il alla se recueillir sur la tombe de son père. Alors qu'il traversait le cimetière, il perçut une odeur de soufre. Des traces de sabot marquaient la terre à l'endroit des plus récentes sépultures. Malédiction! Un court instant, il entrevit le cheval du diable qui crachait du feu dans sa direction. La bête disparut aussitôt que Nicholas brandit l'épée qu'il venait de faire bénir. Estomaqué mais fier de lui, le fils commença la prière à son père défunt.

Plus loin, des femmes portaient Alexis en triomphe. Isabelle lança:

— Le diable!

Lucienne crut qu'on jugeait ainsi Alexis, et s'interposa:

— Qu'est-ce que vous connaissez du diable? En plein jour, à la Sainte-Anne? C'est pas une journée pour ça!

Nicholas croyait qu'Isabelle avait vu la même chose que lui, mais non! Elle répéta son cri en indiquant un cavalier noir qui s'en venait vers l'église. Au bruit étrange des sabots, les femmes s'imaginèrent que c'était vraiment le diable qui arrivait.

Accompagné d'Anne, Joachim sortit de l'église en enfilant un manteau militaire. Il se retrouva brusquement face à face avec le père La Bruguière, monté sur un énorme percheron à large poitrail. Du haut de sa formidable monture, il semonça Joachim d'une voix courroucée:

— Où sont vos habits de prêtre, Joachim de Margerie? Vous m'avez trahi! Vous avez trahi l'Église!

Accoudées aux roues des charrettes, appuyées sur l'affût du canon, les femmes attendaient patiemment à la sortie du village. Anne faisait les cent pas en portant souvent les yeux vers l'église. Nicholas fumait la pipe, insensible au malheur des femmes. L'air rageur de sa mère lui faisait mesurer l'ampleur de sa déception.

— Il viendra pas! conclut Isabelle.

Anne approuva en opinant du chef. Elle vivait une sorte d'abandon, comme la rupture des fiançailles la veille du jour de noces. Elle fixa une dernière fois l'église.

— Ce chanoine, c'est vraiment le diable! lâcha-t-elle, pleine de rancœur.

Puis elle ordonna:

— Allez, bats le tambour! Nous partons rejoindre nos armées!

Aux côtés d'Isabelle qui jouait du fifre, un petit bonhomme de six ans se mit à tambouriner. Aurélie fouetta les bœufs avec son hart. Le convoi s'ébranla et, sans plus se retourner, Anne en prit les devants, sa fille sur le dos.

Du cimetière, Thérèse Nescambouït et Lucienne, la voyante, regardaient partir la colonne, immobiles comme des statues.

— Elles partent avec leurs enfants! dit Thérèse. Même les Indiennes font pas ça.

— Le monde a chaviré. Des femmes qui vont à la guerre, des femmes privées d'amour, le jour de la Sainte-Anne... Les jours qui viennent seront mauvais!

— Oui, mauvais! Et regarde ça!

Thérèse Nescambouït montra à Lucienne les traces du cheval noir. De la fumée s'élevait encore du sol creusé par les sabots. Lucienne se pencha pour humer les empreintes.

— Ça sent le diable!

Pendant ce temps, assis sur son barda au pied de l'autel, Joachim gardait la tête basse et subissait en silence les remontrances qui pleuvaient sur lui en tempête de cris. Pour contenir son émotion, il serrait les dents, mais ses yeux exprimaient une infinie tristesse. Il fit mine de se lever. La Bruguière le retint avec force.

— Encore avec les femmes? Toujours les femmes! Quelle excuse avez-vous cette fois? Où alliez-vous avec semblables habits? Vous êtes un prêtre, l'oubliez-vous? Et dire que j'ai intercédé pour vous! Je venais vous porter l'ordonnance de l'évêque qui vous accorde la cure de ce village! Et vous, Joachim, vous trahissez ma confiance! Ah! Joachim... En ces temps de guerre, plus que jamais, les prêtres doivent prêcher par l'exemple. Ils doivent inspirer le sacrifice. Les hommes meurent, c'est aux prêtres de prier! Prier encore et toujours!

— Je prie.

— Mensonge! Blasphème! Misérable que vous êtes, comment osez-vous affirmer cela?

— Et pourtant... Dieu m'a parlé. Il attend quelque chose de moi.

— Taisez-vous! Mais taisez-vous donc!

La Bruguière sentit une présence et se retourna. Marie l'Escofiante se tenait debout dans l'encadrement de la porte. Elle s'approcha timidement.

— Que voulez-vous?

— Je veux me confesser.

— Je ne peux vous confesser maintenant, j'ai plus grave à m'occuper.

Elle désigna Joachim:

— C'est lui qui me confesse.

Rendue tout près, elle ajouta:

— Donne-moi ta bénédiction.

Mal à l'aise, Joachim esquissa un vague signe de croix. Marie l'Escofiante se jeta à son cou et l'embrassa avec passion.

Le Supérieur n'était plus fâché, mais stupéfait. Il lui fallut un certain temps pour réagir et quand il retrouva une contenance, il tira la jeune femme par l'épaule, l'arracha de l'étreinte.

— Venez... Venez!

Il la reconduisit dehors où l'ours attendait sa maîtresse, et Alexis, son père. Puis accablant Joachim d'un souverain mépris, le chanoine se prosterna dans le chœur.

— Est-ce là ce que Dieu vous a dit, Joachim?

Joachim esquissa un mouvement pour rejoindre Marie l'Escofiante dont il imaginait facilement la peine et la déception. Elle aussi avait espéré en sainte Anne. Traînant sa solitude, elle s'éloignait maintenant, inconsolée. Elle pleurerait de rage sur la route menant à Québec assiégée. Et lui, Joachim, restait ici, prisonnier dans une forteresse de dogmes et d'interdits. Dieu voulait-il cela?

Joachim, défaillant, s'agenouilla près de La Bruguière qui le guettait, l'air soucieux. Joachim ferma les yeux. Sa tête explosait, tel un baril de poudre, ses idées se brisaient en milliers de particules dispersées par un souffle d'orage. Il revoyait le visage chagrin de Marie l'Escofiante, se rendant compte qu'il l'aimait encore, il voulait la toucher. Il enfonça ses ongles dans la chair de ses paupières pour que le rêve ne s'échappe pas comme avait fui la vraie Marie. La Bruguière croyait que Joachim se mortifiait, en proie aux remords. Si remords il y avait, c'était celui de ne point répondre à l'amour.

Le chanoine ne comprit qu'au bout de quelques heures que l'âme de Joachim échappait à l'Église. Mais en même temps, le diable n'y trouvait pas prise. Dieu se chargeait-il lui-même de cette âme pour l'amener vers un destin particulier, comme Il l'avait fait pour son fils, Jésus?

La nuit était maintenant tombée. Joachim et le Supérieur veillaient, agenouillés sous la lampe du sanctuaire. Joachim avait remis son costume ecclésiastique. Relevant la tête, il fixa la flamme sacrée, et sentit le souffle d'Anne sur son visage, il entendit à nouveau sa voix: «Ce soir... avec un cierge allumé... je le soufflerai.»

Joachim se levait discrètement, le père La Bruguière le força à se remettre à genoux.

— Priez, priez.

— Nous offensons la grand-mère de Dieu. Je devrais être là-bas.

— Faites ce que Dieu vous commande, soupira le chanoine.

— Ce n'est pas d'être ici qu'il me commande.

— Et que vous demande-t-il donc?

— D'être sa semence divine, pour que renaisse ce peuple du bout du monde.

Dérouté, presque désemparé, La Bruguière mit un temps à répondre.

— C'est insensé!

— Vous ne pouvez comprendre, ni moi non plus. Mais tout ce que je fais est volonté de Dieu. Nul ne le sait, mais je le devine. Dans la crèche, entre l'âne et le bœuf, vivait un rat. Et je l'ai revu, ce rat, symbole de fécondité, niché dans le tabernacle. Du plus misérable naîtra le plus grand. Par ma honte, je deviens fierté. Ma vie est évangile.

Il y eut un grand silence, profond comme celui d'une cathédrale. Troublé par le raisonnement de Joachim, tiraillé par sa conscience, La Bruguière cherchait une réponse du catéchisme.

— Comment pourrais-je vous confesser? Vous absoudre? Vous ne reconnaissez pas votre faute! Vous ne nourrissez aucun regret. Vous n'avez donc pas peur du diable?

— Et vous, vous n'avez pas peur de Dieu?

La Bruguière avait effectivement peur, mais de Joachim. Il s'écarta de lui.

— Priez, vous dis-je! Priez!

Prier? Que répondre à cela? Pour Joachim, la plus belle et grande prière, c'était d'accéder au désir de l'amante. D'où lui venait cette récente conviction? Ni de ses expériences amoureuses ou de sa connaissance intime des femmes, ni des textes sacrés ou d'une quelconque tradition religieuse. Cela venait de son cœur, du dedans de lui-même. À travers lui, la mort des hommes appelait l'amour.

Ce grand souffle qui à la fois le portait et le brisait contre les rochers de l'existence, c'était l'interminable plainte des champs de bataille qui s'était glissée en son âme et qui criait la vie. Ces centaines, ces milliers d'hommes qu'il avait vus mourir, ces trépassés errants qui lui parlaient la nuit, ils lui disaient d'aimer pour eux, d'être leur étendard. Il fallait vaincre cette mort dont se servaient les ennemis pour nous asservir. Joachim comprenait maintenant ce qui l'avait amené dans ce village. Il était venu empêcher la victoire de l'ennemi. Il venait détruire la destruction. Il venait ressusciter les morts dans leurs espoirs, leurs rêves, leurs amours. Le cimetière tout près était le livre où s'écrivait ce commandement. Toute la jeunesse de ce village, comme celle du pays, était morte, anéantie. Et lui, Joachim, devenait une nouvelle présence de Dieu sous la forme de l'amant sublime venu recréer la vie.

Cette pensée emplissait la nuit, telle une brume maritime. Elle traversait les os et le cœur. Peu à peu, La Bruguière se sentit envahir par un éther matérialisant le Saint-Esprit des Pentecôtes et des Résurrections. Dieu traversait la nuit, tels les rayons de glace d'un soleil noir. La Bruguière éprouva la terreur dans ses membres. Il observait Joachim, pensant apercevoir dans ses yeux la lueur du regard de Satan qu'il se savait capable de dompter. Il fut désarmé par cette vision d'un être habité par la lumière divine. Cela ne se pouvait pas!

La nuit était sombre, son cœur bien plus encore! Ses pensées se perdaient dans un abîme. Comme Joachim était coupable de l'avoir amené si près de Dieu... et de ses anges! Lui aussi, il revoyait à présent Marie l'Escofiante, sa légèreté, sa grâce... Mais qu'étaient donc les desseins de Dieu pour que lui, La Bruguière, se retrouvât au côté de Joachim à espérer que l'Église se fût trompée dans son enseignement? La guerre, sûrement, avait troublé leurs consciences.

La guerre ou le diable!

Les premiers rayons du soleil baignaient les deux prêtres toujours en prière. La Bruguière contemplait la statue de sainte Anne qui, tout à coup, semblait le fixer avec sévérité. Cette fois, il se sentit vaincu. Bouleversé, il cria:

— Vous avez vu?

— Quoi? répondit Joachim.

Des coups frénétiques dans la porte de l'église le firent se redresser. Des ruades! Joachim ouvrit. Il aperçut le fameux cheval noir qui manqua d'écraser Alexis. La bête déchaînée détalait maintenant vers l'horizon.

La Bruguière se releva, affolé. Il cria à nouveau: «Vous avez vu, Joachim?» La relique de sainte Eutykenne semblait animée. La Bruguière entendait sa respiration. Elle ouvrit les yeux, lui jeta un regard courroucé. Il crut défaillir.

Joachim vint se mettre à genoux devant son Supérieur terrorisé.

— Nous avons offensé Dieu! Bénissez-moi, je dois partir.

La Bruguière résistait encore et fit un signe négatif. Il arpenta la nef, puis sortit sur le parvis.

— Comment ce qui est le mal pour un prêtre pourrait-il devenir le bien pour vous?

— Parce que la grâce en ce monde, c'est d'empêcher la mort de mon peuple. Trépas des soldats, destruction des villes, meurtre des jeunes filles: tout cela est œuvre du malin et non châtiment divin. Mon amour réparateur ne peut être que le bien, non le mal.

— Ce que vous dites est horrible. Un blasphème inexpiable!

— Nous n'avons plus à expier puisque l'enfer a traversé les portes du monde et projette son feu sur cette terre. Et pour cela, Dieu nous a tous absous sans condition. Il n'a pu vaincre le diable, c'est à nous maintenant de le combattre nous-mêmes. Car le persécuteur ne verra point l'enfer, le tyran non plus, les empires qui asservissent les peuples seront récompensés et leurs rois, portés en triomphe. Les puissances de l'or fabriqueront pour nous des prisons de feu et de sang. Ce sera à nous de devenir leur enfer comme ils seront devenus le nôtre. Je dois partir pour les combattre et protéger ceux et celles que j'aime.

— Ah, mon Dieu, que dirai-je à l'évêque? Que vous êtes un nouveau prophète? À moins que vous ne soyez le messie?

Bouleversé, La Bruguière se tenait debout sur les marches de l'église. Joachim, nerveux, sortit à son tour et se dirigea vers Alexis qui l'attendait près d'un cheval maigre et chétif.

Le Supérieur regardait couler la petite rivière qui traversait le village. N'en croyant pas ses yeux, il s'en approcha pour constater que l'eau était rouge. C'était trop pour lui.

— Je ne sais plus. Le livre de la sapience ne m'éclaire plus. Vous avez passé le seuil de l'entendement humain. Gardez-vous, Joachim. Je prierai pour vous.

Ainsi Joachim, transfiguré, partit à la poursuite des heures perdues. Il prit la route de Québec, sur les traces du convoi. Le parfum de Marie l'Escofiante flottait encore dans les effluves matinaux, odeur qu'il reconnaissait à travers celles des iris et des roses sauvages. Alexis menait le cheval par la bride, Joachim allait devant sur le chemin du Roi. Les arbres qui le bordaient se rejoignaient au sommet et formaient une voûte comme dans les forêts de chênes de sa Normandie natale.

À midi, ils atteignirent une ville construite autour d'un couvent. Un orme immense dominait la place qui donnait sur le port. Trois-Rivières était en effervescence. Toute l'aristocratie de Québec avait trouvé refuge entre ses murs. Des navires venaient d'accoster, remplis de blessés. Une foule d'enfants erraient de par la ville, mendiant leur pain. Les religieuses en nourrissaient une centaine, mais les orphelins dépassaient largement ce nombre. Joachim leur donna toute la nourriture que contenait sa besace, puis il reprit la route tandis qu'Alexis se querellait avec les gamins pour récupérer quelques croûtons.

Au soir, Joachim et Alexis marchaient encore sur le chemin du Roi, tirant par la bride le cheval chargé de bagages. À travers les éclaircies, ils voyaient parfois miroiter les eaux. Tout à coup, Joachim s'immobilisa, inquiet: il venait d'entendre des bruits de mousquet, une canonnade.

Alexis grimpa à un arbre pour essayer d'en savoir plus.

— Que vois-tu? demanda Joachim.

— Des barques anglaises et françaises qui se bataillent.

— Pas de navires?

Pour toute réponse, Alexis baissa vivement la tête. Un boulet explosa tout près, puis la mitraille hachura la ramure des arbres. Le garçon redescendit très vite. Les balles l'avaient effleuré!

— Pas de navires, répondit-il enfin.

Ils se remirent en route. À un détour du chemin, deux miliciens pendus à un arbre se balançaient doucement dans la brise qui ébouriffait leurs cheveux. Un écriteau rédigé en mauvais français proclamait que, par décision du général Wolfe, commandant en chef des armées britanniques, seraient pendus tous les habitants surpris les armes à la main. Politique de conquérant, déjà! L'Anglais se croyait vraiment chez lui, pensa Joachim.

— Alexis, écoute! Entends-tu?

Il s'approcha des cadavres, croyant entendre un dernier râle. Le son venait en fait de la forêt: un bruit étrange qui ressemblait à un chant lointain. Un tourbillon de vent soudain agita les cadavres, les cordes sonnèrent comme celles d'une harpe. À travers cette musique lugubre, Alexis et Joachim percevaient une chanson, soufflée sûrement par les esprits. L'enfant grimpa à l'arbre pour couper les cordes, mais Joachim lui fit signe de redescendre. Ils cheminèrent encore un peu tout en écoutant le vent.

Ils n'avaient pas fait vingt pas qu'ils aperçurent des traces de bataille: un fusil brisé, un tonneau éclaté, et... une épée, avec une main coupée qui la tenait toujours. Une main de femme! Le cœur chaviré, Joachim ramassa cette main avec précaution, l'examina longuement et la mit dans son sac après l'avoir enveloppée dans un mouchoir.

Le chemin traversait des boisés piqués de carrés de broussailles, anciens défrichements abandonnés. Et toujours cette même plainte portée par le vent. Joachim aperçut une croix de chemin plantée sur une butte à moitié déboisée et s'y dirigea tout en cherchant d'autres traces du passage des ennemis.

— Alexis, dit-il, apprends qu'il y a des péchés de guerre. Subjuguer un peuple et lui arracher la vie... au nom d'un roi... Souviens-toi, toute ta vie: soumettre un peuple est un péché digne de l'enfer! Le plus grand crime contre les hommes!

Il pressa le pas, inquiet, accablé. Les secondes devenaient des siècles. À quelques coudées, le prêtre et son fils découvrirent, assis au pied d'un arbre, Nicholas, blessé. Alexis lâcha un cri et courut vers lui. Nicholas sourit en le voyant. La peau livide, les vêtements déchirés, il n'avait plus la force de se mouvoir et se tenait le ventre d'où sortaient ses viscères.

Le jeune métis souleva le vêtement qui recouvrait la blessure et recula brusquement, le visage aussi blême que celui du blessé.

— Ne le touche pas, ne le bouge pas, ordonna Joachim.

Ils s'agenouillèrent à côté de Nicholas qui agonisait. Joachim traça une croix sur le front du jeune seigneur et récita la prière des mourants.

Des mains ensanglantées s'accrochèrent au bras d'Alexis.

— Alexis... J'ai peur... Je vais mourir.

— N'aie pas peur, ma mère va te protéger. Tu es mon ami!

— Ma mère... où est ma mère?

— Elle est tout près, dit Joachim, elle t'aime... Elle va venir!

Nicholas rendit l'âme, le prêtre lui ferma les yeux. Chaviré, Alexis prit son ami dans ses bras et le berça comme on berce un bébé.

Joachim se redressa vivement, hanté par la question de Nicholas. Où était Anne? Et les autres femmes? Plein d'appréhension, il s'éloigna d'un pas vif, écartant le feuillage qui débordait sur le chemin à cet endroit. Le sous-bois s'éclaircissait plus loin où l'on devinait l'orée d'un pré. En venaient de lointains gémissements.

— Alexis! Viens vite, cria-t-il.

Le garçon arriva en courant, couvert du sang de son ami. En débouchant du bocage, ils furent saisis d'horreur. C'était comme s'ils venaient de franchir le Styx. Ils marchaient maintenant dans un champ calciné que jonchaient les débris du convoi d'Anne. La mort dans l'âme, Joachim avançait dans une fumée noire, assimilant ce massacre à la vision atroce qu'il avait eue à Détroit: la terre et l'enfer ne faisaient plus qu'un seul monde.

Blessée à la jambe, et barbouillée de sang, Aurélie, la forgeronne, faisait le décompte des vivantes et des mortes. Absente, on aurait dit, elle clopinait entre les charrettes cassées, les bœufs et chevaux crevés, transportant à la même place les corps de celles qui ne respiraient plus.

Des soldats de la Compagnie franche de la marine avaient été alertés et arrivaient à l'autre bout du champ, trop tard pour porter secours. Chargés de surveiller le fleuve, ils avaient été déjoués par l'ennemi.

Derrière les soldats, venaient Magoua avec le sergent Lévesque et les deux miliciens infirmes, rejoints par l'alarme. En découvrant le carnage, Magoua poussa un long cri de haine et de douleur. Le cul-de-jatte hurla et, devinant ce qu'il ne pouvait voir, l'aveugle suffoqua de rage.

Joachim qui courait vers Aurélie s'arrêta à mi-chemin, en reconnaissant Isabelle, la musicienne, et le tout jeune tambour, morts dans les bras l'un de l'autre comme si elle avait cherché à protéger l'enfant. Elle avait eu la gorge tranchée. Son bourreau s'était acharné sur son corps avec sa baïonnette, lui crevant les yeux, lui déchirant la bouche.

Hébété de stupeur, Joachim enjambait les cadavres, les retournait parfois, redoutant de découvrir le visage aimé. Par bonheur, Anne n'était pas au nombre des mortes. Mais la vue de ces masques rigides, où il reconnaissait des visages encore souriants la veille même, lui brisait le cœur.

Obéissant aux ordres d'Aurélie, Alexis sondait les poitrines dans l'espoir de détecter un souffle de vie. Soudain, un grognement sauvage perça le silence. Malgré ses blessures, l'ours de Marie l'Escofiante empêchait qu'on s'approche de sa maîtresse dont la tête baignait dans son sang. Magoua acheva l'ours d'un coup de pistolet. Joachim essuya doucement le visage de Marie l'Escofiante, la souleva pour la presser contre sa poitrine. Elle ouvrit les yeux, sourit au prêtre de son plus beau, son plus tendre sourire. Un caillot de sang s'échappa de sa bouche, qui empourpra les vêtements de Joachim. La flamme vacillante de la vie s'éteignit alors et Joachim étreignit comme un fou la jeune femme.

— Mon brave petit soldat! La terre n'était pas assez gaie pour toi. Tu aimeras mieux le ciel!

Il la berça lentement, tout en murmurant la prière des morts d'une voix brisée de sanglots. Ayant reconnu Marie l'Escofiante, Alexis arriva, hors d'haleine. Il s'étendit sur le dos, les yeux rivés au ciel, et récita dans sa langue maternelle sa prière des morts à lui.

Ainsi, la Sainte-Anne était passée et, avec elle, sa promesse de bonheur. Quand donc seraient-ils heureux désormais?

Les Anglais venaient de briser l'ordonnance du temps. À moins de vaincre, les descendants de Joachim vivraient toujours à une journée de marche du bonheur, sans pouvoir l'atteindre, car il fuirait devant eux, emporté par la monture de la mort. Joachim et les siens risquaient d'entrer dans un nouveau règne, celui du diable imposant le malheur aux vaincus. Maintenant ils n'avaient plus le choix, il fallait se battre jusqu'à l'extrême limite.

Joachim se releva, portant Marie l'Escofiante dans ses bras et lui parlant à mots doux. Puis il esquissa quelques pas de menuet comme pour accorder à la jeune femme cette danse qu'elle avait attendue à bon droit, mais en vain, la veille de la Sainte-Anne. Il était passé, le temps du bonheur, passé pour cent ans peut-être. Car l'épée qui traverse le corps des jeunes femmes est du même acier que les barreaux qui emprisonnent les peuples.

Comme en transe, il tournait lentement sur lui-même, caressant les joues de Marie l'Escofiante, lui fredonnant une chanson à l'oreille. C'était lui-même qu'il soignait ainsi, il retirait la lame invisible qui lui transperçait le cœur. Et pourtant nulle haine en lui! Sa souffrance engendrait plutôt un courage terrible et implacable, une force épouvantable qui le transformait en tueur de soldats. Le prêtre redevenait guerrier.

Après avoir terminé ses oraisons, Joachim enleva ses vêtements de prêtre et s'habilla en militaire. Encore une fois, Alexis éprouva un émerveillement teinté d'effroi à la vue des incroyables blessures de guerre de son père. Joachim ajusta le baudrier d'où pendait son épée, ramassa trois fusils, les chargea et ordonna à son fils de se préparer lui aussi. Puis il interrogea Aurélie à propos d'Anne.

— Tu crois qu'elle est captive?

— Nous l'attendions ici. Elle était partie mener les enfants en sûreté dans une ferme. Elle n'est pas revenue. En fait, elle est tombée sur leur détachement parce qu'ils venaient de sa direction. Elle a dû être surprise par l'incursion anglaise. Nous sommes quand même à cinq jours de marche de la bataille.

— Comment présumes-tu qu'ils aient pu la capturer?

— Parce qu'elle ne pouvait pas mousqueter à cause des enfants.

Il lui fit un signe d'adieu.

Pendant que les soldats de la marine s'affairaient à charger les cadavres dans une charrette, Joachim, Magoua, le sergent Lévesque et les deux infirmes se regroupèrent, décidés à venger les mortes. Alexis ramassa une épée et les rejoignit au pas de course.

Au moment de quitter l'hécatombe, Joachim aperçut le cadavre d'une femme à qui il manquait une main. Il bénit le corps mutilé, puis retira de son sac la main qu'il transportait depuis un moment et la déposa sur la poitrine de la malheureuse. Aurélie en était toute pâle.

Joachim enfourcha ensuite un percheron blanc. Impressionné par son allure farouche, l'Eugène l'accueillit parmi les combattants:

— On dit que tu sais te battre, Joachim? Avec l'honneur, j'espère.

— Avec l'honneur d'être à tes côtés! En avant, sus aux Anglais!

Occupant la rive sud du fleuve d'où ils bombardaient Québec depuis le début de l'été, les Anglais voyaient la saison passer sans que la décision d'une bataille leur livre la ville. Aussi leurs raids sur les arrières devenaient-ils plus fréquents. Si on ne pouvait la prendre, il fallait ruiner la Nouvelle-France, en mettre les habitants à genoux. Le général Wolfe avait ordonné à ses troupes de dévaster toute partie du pays se trouvant à leur portée. Des contingents de Rangers partis de la Nouvelle-Angleterre agissaient dans le même but. Telle l'expédition du major Rogers qui remonta la rivière Saint-François et envahit la bourgade d'Odanak peuplée d'Abénaquis qu'il massacra.

Mais les Français d'Amérique et leurs alliés indiens excellaient en cette sorte de guerre faite d'escarmouches, de raids éclair et d'embuscades. La Nouvelle-France était une ruche où l'agresseur ne pouvait s'aventurer sans subir mille blessures. Il aurait fallu aux assassins de Marie l'Escofiante l'agilité et la furtivité du cerf pour échapper aux miliciens lancés à leur poursuite. Or c'étaient des fauves orgueilleux de leur valeur guerrière.

Joachim et ses hommes suivaient la piste des Anglais depuis un bon moment déjà. Ils les rattrapèrent au coucher du soleil. Ils venaient de dresser leur camp sur un cap dominant le fleuve. Il faudrait mettre l'obscurité de son côté pour les attaquer, car le camp semblait bien gardé.

Les Anglais devaient attendre des barques, autrement ils n'auraient pas allumé un feu. La nuit était avancée, ils auraient pu se soustraire à leurs poursuivants malgré la lueur de la lune. Dans ce feu, Joachim et les miliciens virent une insulte. Cela signifiait que l'ennemi ne ressentait aucune inquiétude, se croyant en pays conquis, ou pire encore, dédaignait l'adversaire, méprisant sa force.

Joachim s'approcha du campement ennemi en se faufilant entre les broussailles avec l'habileté d'un renard. Une douzaine d'Anglais remplissaient leurs écuelles dans une marmite de cuivre. Tandis que leurs compagnons mangeaient, deux Habits rouges amenèrent une femme qu'ils tiraient par les cheveux. Le cœur de Joachim fit un bond dans sa poitrine lorsqu'il reconnut Anne. Ils la rouèrent de coups, mais elle resta muette, impassible, comme si elle était déjà morte. Déçus par cette absence de réaction, les soldats qui voulaient s'amuser davantage la rejetèrent et en choisirent une autre parmi les captives: la jeune Mathilde Villemure, la fille du boulanger, une femme digne et de caractère vertueux. Elle mordit la main qui voulait défaire son corsage. Pour cette offense, les deux larrons lui mirent une corde au cou et la pendirent à un arbre, sous les encouragements de leurs camarades. Anne ne réagit pas, ce qui intrigua Joachim, mais les femmes se mirent à prier et les enfants terrorisés se blottirent contre leur mère.

Entre le camp ennemi et Joachim s'interposait la silhouette d'une sentinelle postée à la ligne de crête. Celui-là ne riait pas. Il semblait même dégoûté. Sentait-il mieux que les autres la mort qui les guettait?

Au bas de la colline, Magoua observait lui aussi la sentinelle, armé d'un arc qu'il banda. Il visa et décocha une flèche, atteignant à la gorge l'Anglais qui s'effondra sans émettre un son. Joachim fit signe d'avancer à sa petite troupe et les combattants gravirent silencieusement la colline. L'aveugle portait sur ses épaules le cul-de-jatte armé de plusieurs mousquets, si bien que les deux moitiés d'hommes devenaient un seul guerrier, un géant.

Parvenus sur la ligne de crête, les miliciens prirent position, formant un demi-cercle devant le campement ennemi.

Joachim déchargea deux pistolets. C'était le signal. Les trois autres firent feu, l'Eugène vida ses pistolets, tandis que l'aveugle qui le portait retint pour deux sa respiration comme un tireur doit le faire. Joachim saisit l'épée fameuse que Magoua lui avait donnée et lança un cri hallucinant pour désorganiser l'adversaire. Figés par une peur paralysante, les Anglais mirent du temps pour retrouver leurs armes. Délai fatal!

Alexis avait abattu son homme; surexcité, il rechargeait gauchement son fusil. L'Eugène guidait l'Ocle-l'Œil pour se rapprocher afin de faire feu à nouveau. Joachim fondit sur l'ennemi, l'épée à la main, en compagnie de Magoua, frénétique, qui brandissait un casse-tête. Ils s'interposèrent entre les femmes et les enfants qui s'étaient écrasés au sol et les Habits rouges qui montraient une frayeur insurmontable. Déployant une force surhumaine, le métis brisait des crânes avec fracas, tandis que le prêtre embrochait à tour de bras. Ceux qui tentaient de fuir étaient abattus méthodiquement par l'Eugène, Alexis et le sergent Lévesque.

Le combat fut violent mais bref. Joachim regarda les cadavres des soldats que la lueur dansante du feu animait encore d'un semblant de vie. Toujours pas de haine en lui, mais une sorte de rage sacrée que l'action n'avait pas calmée.

Par habitude, l'Eugène s'apprêtait déjà à scalper. Magoua l'en empêcha: un groupe d'enfants les regardaient, effrayés. Joachim trouva Anne au milieu des prisonnières. Il voulut la serrer contre lui, elle se replia sur elle-même, tel un fœtus. Sous l'effet d'un choc, elle ne reconnaissait personne, ne répondait pas à son nom. Joachim ne pouvait la rejoindre, car elle n'appartenait plus à ce monde.

Une femme appela Joachim et lui fit voir la marmite.

— Regardez, mon père!

Magoua et les autres s'étaient approchés. La femme plongea une louche dans la soupe et en retira un à un les membres d'un enfant.

— C'est Ève, la fille d'Anne.

Joachim détourna les yeux, horrifié. Près d'un rocher, il vit le corps sans membres de l'enfant. La tête éclatée, elle reposait près de sa poupée qui était souillée de son sang. Joachim comprit alors à qui ils avaient eu affaire. Les Habits rouges portaient des scalps de femmes à leur ceinture, plusieurs arboraient des wampums. À leur uniforme différent, Joachim sut que ce n'étaient pas des Anglais, mais des Virginiens. On employait d'ordinaire dans les expéditions punitives contre les Indiens ces soldats d'élite, en même temps que professionnels du massacre. Peut-être parce que leurs propres familles avaient été anéanties elles aussi, ce n'étaient plus des hommes, mais des bêtes sanguinaires.

Le cœur révolté, les miliciens recherchèrent des survivants du combat, pour assouvir leur colère. Ils en trouvèrent et les achevèrent sans pitié. Animé de l'esprit de justice, l'Eugène tua le dernier en lui hurlant: «Aime ton prochain comme toi-même.»

Après le dernier râle d'agonie, un lourd silence s'abattit. Des femmes s'approchèrent doucement des hommes pour leur essuyer le visage rougi de sang. L'Ocle-l'Œil sentit que des enfants se jetaient dans ses bras. La plupart, sous le coup de la terreur, n'osaient pas bouger. Le silence toujours! À part quelques pleurs que les hommes essayaient de calmer. Se fit alors entendre un trot familier. Le cheval noir du diable! Tel un fantôme éthéré, il apparut, fidèle à sa légende, et vint s'agenouiller devant Joachim. Tous étaient frappés de stupeur. Joachim fit un signe à la bête pour lui montrer qu'il avait compris, et il déclara:

— Le cheval du diable! Il a honte, car les hommes dépassent Lucifer en malfaisance. Oh oui, il a honte!

Enragé, Magoua lança un tison. L'apparition s'évanouit, cependant des ombres lugubres continuèrent d'encercler le camp. L'esprit de la mort recouvrait la terre de son manteau noir, les astres entendaient la plainte des vivants. À cet instant précis, résonnèrent sourdement au loin des tambours et des cornemuses. Puis une canonnade, si rapprochée que les miliciens sursautèrent! Le bombardement de Québec recommençait! Ils en étaient encore plus près qu'ils le croyaient. Ils se regardèrent. L'Eugène rechargea ses pistolets et dit gravement:

— L'ennemi! Ils vont débarquer! Ce sera bientôt la grande bataille.

Magoua se tourna vers Joachim.

— Adieu, dit-il. Occupe-toi des vivants, nous on continue vers la mort.

Il s'enfonça dans la nuit, suivi de ses miliciens. Joachim eut peine à retenir Alexis qui voulait les suivre. Des femmes décrochèrent Mathilde Villemure, toujours pendue à un arbre. La plus jeune femme, entourée des enfants, enveloppa le corps d'Ève dans son grand tablier blanc, pour le ramener au village. Anne, qui comprit ce que contenait ce tissu immaculé, poussa un cri sinistre, puis retourna à son silence. Joachim lui mit un bras autour de la taille et, la portant à moitié, la guida avec les femmes et les enfants sur le chemin du retour. Alexis fermait la marche, le fusil armé. Ils n'avaient pas dit un mot après le départ de Magoua, simplement ils écoutaient, le cœur serré, car le ciel noir vibrait de façon hallucinante des échos d'un féroce engagement. À Québec, le général Wolfe attaquait les retranchements français du côté est. La mort, irrassasiée, cherchait sa proie... Toujours elle, l'affreuse Kère qui, enivrée de batailles, rôdait autour d'Anne et lui arrachait la vie par lambeaux.

Plus de fête ni de saltimbanques, plus de jeux amoureux ni de danses galantes, plus de musique ni de marionnettes, plus de transports d'ivresse chantante et rieuse, plus de sourires, de baisers ou de promesses de bonheur!

Le bonheur, c'était avant! Maintenant, il fallait faire face à l'invasion. Joachim n'avait quitté Détroit que pour assister à l'agonie de la Nouvelle-France? Dans son cœur brûlait, ainsi qu'en un sanctuaire, la flamme inextinguible de la révolte. Bardé de fer, de haine et de courage, Joachim devenait le gardien de ce feu sacré.

Comment le faire rayonner dans sa force entière, tel l'astre solaire au solstice? Le prêtre l'ignorait. Pour l'heure, il marchait près d'Anne silencieuse. Il portait sur son dos le corps d'Ève dans un panier fait d'écorce de bouleau. Alexis allait devant avec les autres. Il guidait par les naseaux un bœuf de labour attelé à une traîne où reposait la dépouille de Mathilde Villemure enveloppée dans une toile de marine.

Après des heures passées sous la pluie, la petite troupe arriva de nuit au village de Yamachiche où l'activité régnait déjà. Le jour cherchait à poindre à l'horizon. Dans la pénombre qui précède l'aube, Aurélie, la forgeronne, Thérèse, Lucienne et d'autres survivantes finissaient d'enterrer les victimes de l'attaque du convoi, parmi lesquelles, Nicholas.

Les arrivants se dirigèrent droit vers le cimetière. Anne venait derrière. Elle s'arrêtait à tous les trente pas pour parler à la terre: elle regardait le sol et murmurait des phrases incompréhensibles. Joachim la suivait de près, inquiet. Puis

Anne s'arrêta net, les yeux fixés sur le vide devant elle, et pointa l'index vers un être invisible aux autres.

— Retourne chez les morts, crachat de l'enfer! cria-t-elle. Et laisse passer les âmes.

Puis elle appela: «Ève, Ève!» Elle s'agenouilla, croyant voir des enfants qu'elle cajolait. Elle leur parlait. Une femme s'approcha d'elle pour entendre les échos de l'autre monde. À sa question, Anne répondit:

— Nicholas s'est perdu dans un abîme entre le ciel et le purgatoire. J'ai vu le naufrageur des âmes.

Puis elle retourna à ses enfants imaginaires. Toutes les femmes s'attroupèrent autour d'elle. Joachim les écarta et aida Anne à marcher.

— Laissez-la! Allez, rentrez!

Les vêtements trempés, les survivantes rentrèrent au village pour se réchauffer, laissant Anne et Joachim derrière. Il la prit dans ses bras, elle posa sa tête sur l'épaule du prêtre et pleura sans bruit, secouée de spasmes et tremblante de fièvre. Puis, comme si elle revoyait la hideuse apparition, elle cria de frayeur pour finalement perdre conscience. Joachim la porta jusqu'au village.

Trois corneilles décrivirent des cercles au-dessus d'eux avant de se jucher sur les croix du cimetière. Un rat se jeta dans l'eau de la rivière, poursuivi par un chat. Puis le ciel s'ouvrit tout à fait pour se déverser en orage.

Anne semblait morte, son corps n'était plus qu'un mécanisme sans âme, un automate! Joachim craignait que son esprit n'appartienne dorénavant qu'aux ténèbres. Il ignorait si elle reviendrait un jour dans ce monde. Il la déposa sur un lit dans la chambre des maîtres à l'auberge. Lucienne apporta de l'eau.

— Pauvre enfant! soupira-t-elle en épongeant le front de la seigneuresse.

Joachim répondit à voix basse:

— Le monde des morts a pénétré son esprit. On dirait qu'elle est dans l'au-delà.

— C'est une fièvre du cœur, une émotion qui brûle les humeurs du cerveau. Il faut la déshabiller et la couvrir de drap frais.

Lucienne commença à défaire le corsage d'Anne pendant que Joachim confiait à une jeune fille le panier qui contenait la dépouille d'Ève. Avant de sortir, il demanda à l'aubergiste si elle avait vu le père La Bruguière.

— Oui, il est parti... Il a enterré les filles, Isabelle et Marie, puis il est parti en pleurant.

— Ah oui?

— Oui, et il était... comment dire? Vous savez... Ah! Comment dire pour un prêtre?

Joachim était intrigué, Lucienne opina de la tête avec un air entendu et, comme il ne comprenait toujours pas, elle se résigna à prononcer les mots exacts:

— Saoul mort!

La pluie avait cessé et la nuit qui s'achevait faisait du cimetière une demeure intime pour la mort qui se drapait d'un rideau de vapeur s'exhalant du sol. La terre remuée mêlait son odeur à celle des herbes humides de rosée. Alexis avait déposé sur les tombes des bouquets de fleurs cueillies par les enfants. Revêtu d'habits funéraires, Joachim tenait une lampe en fer-blanc pour éclairer Thérèse Nescambouït et Lucienne qui enfonçaient des croix à la tête des sépultures. Le canon tonnait à intervalles irréguliers, dans le lointain. Joachim se retourna, tendit l'oreille. Puis il leva la tête vers les étoiles les plus brillantes qui résistaient à la venue de l'aube, il resta un moment à les observer. Pendant que Thérèse enfonçait les croix, Lucienne lisait l'inscription gravée sur chacune.

— Nicholas Lesieur Desaulniers, mort au champ d'honneur à l'âge de douze ans.

— *Requiescat in pace*, répondit Joachim, distrait par la luminescence d'un astre.

— La nuit est belle, dit Thérèse en remontant le châle qui lui couvrait les épaules.

— Belle comme la mort, murmura Joachim.

Lucienne continua:

— Marie Gélinas, dite l'Escofiante... morte au seuil de ses vingt ans... Courage, amour, bonté.

Lorsqu'il ferma les yeux, Joachim entendit distinctement la voix de Marie l'Escofiante: «Je ne suis plus ici, Joachim, mais je n'arrive pas à passer le fleuve des morts.»

Il se retrouva devant une rivière de brume. Marie l'Escofiante se tenait sur la berge, vêtue d'une grande robe blanche. Il lui donna la main et l'aida à traverser l'Achéron. Marie l'Escofiante n'avait jamais été aussi belle que dans cette lumière bleutée qui éclairait sa marche gracieuse. Son regard brillait encore, mais de l'éclat noir de la glace, et son souffle dormait pour l'éternité, enfermé dans un pendentif de verre qu'elle portait sur sa poitrine immobile. Elle gravit avec peine le rivage escarpé des frontières du royaume d'Hadès. Charon, le nocher, la sépara de son guide.

Tout s'évanouit, Joachim ouvrit les yeux. Lucienne marchait toujours entre les tombes. Elle aussi fréquentait le monde mystérieux des ombres. Des visions peuplaient son esprit.

Elle dit, se parlant à elle-même:

— Le 13 de septembre sera rouge. Le 13 funeste... funeste et noir. Je vois quatre hommes du village, les derniers partis, sur un champ de bataille... Le sergent Lévesque est devant, les autres le suivent... Ils avancent, alors que nos troupes reculent... L'Eugène se déplace sur les mains. L'aveugle l'accompagne, et déploie des rubans et des banderoles, les fanions de trois régiments... Il les étend de tous côtés pour attirer le feu de l'ennemi. Il vient là pour mourir le premier... Il est beau! Il est beau!... Puis Magoua seul contre douze. Il est farouche! Douze n'en viennent pas à bout. La treizième baïonnette le transperce... La treizième seulement. Après, le vieux Lévesque, la cervelle arrachée... Il meurt en parlant, sans qu'un son sorte de sa bouche. L'Eugène tue, tue. Je l'entends crier: «Assez, la mort! Assez la mort!» La mort le remarque. L'ennemi lui tranche la gorge, à l'Eugène. Voilà! C'est terminé! C'est dit! C'est comme ça!

Thérèse Nescambouït s'agenouilla près de Lucienne, puis frappa le sol avec son poing. Et cela faisait comme un tambour de guerre. Thérèse appelait ses morts. Le ventre de la terre résonnait comme au temps de ses ancêtres. Le cri des Indiens, jailli des plaines de l'au-delà, venait arracher des larmes aux vivants.

Joachim écouta longuement la plainte des trépassés qui se matérialisait à travers celles de quatre chouettes ululant aux quatre points cardinaux. Quand elle cessa, il revint à l'auberge pour veiller encore sur Anne.

À l'aube, il était là, près d'elle, à la regarder dormir. Maintenant que le jour s'installait, il souffla la chandelle allumée sur la table de chevet. Il se rapprocha d'Anne et souffla également sur son visage. Elle ouvrit lentement les yeux.

— Dormez!

Elle prit la main de Joachim et replongea dans le sommeil. Il dit tout bas:

— L'Angleterre a trop fait, je crois. La marque de guerre ne s'effacera jamais. La marque de souffrance sur nos cœurs.

Au bout d'une longue méditation, il sortit. Craignant que le jour ne l'éloigne trop du monde ténébreux où vivent les esprits, il descendit sur les rives boueuses de la rivière Yamachiche, cherchant conversation avec l'au-delà. Un instant, il revit cette eau qui redevenait rouge par le reflet du soleil levant. Il marcha un peu dans la vase de la rive, s'y jeta à plat ventre, les bras en croix. Il enfonça son visage dans la boue. Il pleurait.

Les lèvres près de la terre, il lui parla comme à l'oreille de quelqu'un.

— Écoute-moi, la terre! Écoute et pleure! Les enfants et les troubadours meurent en soldats. Parce qu'un roi et une nation veulent devenir notre roi et notre nation. Même contre nos vies, contre notre sang qui coule. J'ai vu la rivière rougie et les hommes que l'on pend aux arbres. Le monde des morts se rapproche de celui des vivants. Il a pénétré l'esprit d'Anne. Dis aux morts, dis-leur, la terre, que je souffre!

La soutane couverte de boue, Joachim grimpa l'escarpement de la rive et se dirigea vers le cimetière. Il se recueillit sur la fosse d'enfant creusée la veille, puis s'arrêta sur la tombe de Marie l'Escofiante. Il se pencha, toucha la croix.

— Un peuple naît dans la souffrance... Comme les enfants! Dis-moi, Marie, ta mort sera-t-elle la naissance d'autre chose?

Alexis sortit de l'auberge, portant au cou l'un de ces colliers si précieux lors des ambassades entre nations indiennes. Il avait revêtu un habit de voyageur, souple de portance, quoique un peu grand pour lui. Son allure calme et assurée contrastait avec celle de Joachim, sale et défaite. Le père alla à la rencontre de son fils sur la place du village.

— Je m'en vais! dit Alexis.

— Où?

— À la guerre!

Alexis tourna les talons pour épargner des pas à Lucienne qui lui avait préparé un sac de vivres composé de boucane, de farine de pois et de biscuits de matelot qu'elle avait emboucautés. Joachim ne paraissait pas surpris de la décision d'Alexis. Il le suivit jusqu'à la limite du village. Face au soleil qui éclatait enfin, Lucienne ajusta à la manière indienne la sangle du sac sur le front du garçon. De cette façon, il pouvait porter un grand poids sans fléchir. Lucienne lui donna assez d'argent pour qu'il puisse acheter un canot d'écorce. Puis Alexis attendit l'acquiescement de Joachim.

— Tu es presque un homme, Alexis, je sais. Mais, suis-je un mauvais père? C'est pour cela que tu t'en vas?

— Oh non, c'est le contraire!

— Alors, pourquoi pars-tu?

— Après les Français, les Indiens vont mourir... Tous les peuples sauvages vont être soumis, y compris les fiers Sioux... Ils sont trop loin. Ils ne savent pas. Je vais les prévenir.

— Tu retournes en pays indien?

— Chez tes amis, Merde d'Aigle, Pontiac et Vieille Loutre.

— Alors, c'est bien, tu peux partir.

— Magoua m'a dit que j'étais plus qu'un Indien, plus qu'un noble. Ils vont voir qui est Haron Hyaie, le Gardien-du-feu!

Lucienne donna à Alexis quelques derniers conseils. Il regarda le visage triste de son père, se jeta à son cou et l'étreignit. Tous deux étaient inaccoutumés à ces débordements, leur émotion n'en était que plus grande.

— Tu es bien jeune pour quitter ton père.

— Tu n'es pas un père comme les autres.

— Ni toi, un fils comme les autres.

Alexis se retourna et partit sans autre cérémonie en direction de l'ouest. Joachim ressentait une fierté de découvrir chez son fils une intelligence politique déjà aiguë. Peut-être parce qu'il était au confluent de deux civilisations, Alexis avait perçu que l'effondrement de la Nouvelle-France amènerait la mort des peuples indiens dans l'axe Mississippi-Saint-Laurent. Depuis cinquante ans, les colonies anglaises, bloquées dans leur expansion vers l'ouest, essayaient de briser cette armée confédérative que les tribus avaient formée autour des Français. Les Anglais avaient compris qu'ils devaient décapiter le «serpent». Québec tombée, l'alliance serait frappée au cœur. Il ne resterait plus qu'à la découper en tronçons.

Alexis appartenait à cette nouvelle nation qu'avait engendrée peu à peu l'alliance. Ni indien ni français, le monde créé pour lui disparaissait sous le fer et le feu. Le Roi de France ne perdrait qu'une colonie, Alexis par contre perdrait un royaume, son royaume!

Ses frères, les peuples des plaines et des lacs du continent profond, devraient désormais se battre jusqu'à la mort!

Un enfant pouvait-il comprendre cela?

Mais Alexis n'était plus un enfant.

Il était devenu le prince d'un nouvel empire dont la capitale ne pouvait être Paris, mais son cœur révolté qui dirigerait la lutte des hommes assoiffés de liberté. Alexis serait à la fois baume et glaive, tribun et guerrier, politique et organisateur. Fils de Joachim et de Ishekeguën, dernier d'une antique race et premier d'une nouvelle, Alexis imaginait son destin comme un caillou tiré d'une rivière boueuse et qui brille au soleil avec autant d'éclat que les pierres du collier qu'il portait. Celui de sa mère, qui lui avait prédit toutes ces choses. C'est à cela qu'il pensait en se retournant pour dire adieu à son père. Joachim vit alors, dans les yeux de son fils, la force tranquille d'un homme qu'il avait mépris jusque-là pour un enfant. Un être qu'il ne connaissait pas: Alexis l'Homme!

Comprenant qu'il devrait lever le siège de Québec avant que l'hiver ne bloque ses troupes dans le fleuve Saint-Laurent, le général Wolfe décida le 13 septembre de tenter un dernier assaut contre la ville. Il y perdit la vie, de même que le général Montcalm qui commandait l'armée française. La fortune des batailles donna la victoire aux Anglais qui n'eurent plus qu'à s'approcher des remparts pour que tombe la forteresse. Il restait aux Français trois corps d'armée, mais trop éloignés de la ville pour empêcher le désastre. Héritant du commandement, le général Lévis regroupa ses forces: c'était à lui maintenant de faire le siège de Québec. Il installa ses campements à quelques lieues de la place forte et prépara les plans d'une nouvelle campagne.

La nouvelle jeta les peuples de Nouvelle-France dans l'accablement, car l'on avait tout donné pour la victoire. Les hommes de Yamachiche ne revenaient pas et Thérèse Nescambouït avait appris que le sien était mort le 13 septembre avec les plus braves des braves, percé par treize baïonnettes, car douze n'avaient pu en venir à bout. Il fallait maintenant aller chercher la dépouille de Magoua comme lui l'avait fait pour tant d'autres et l'enterrer à Yamachiche avec ceux de sa famille. Le problème, c'était qu'il reposait en terre conquise. Pour le ravoir, il faudrait profiter d'une autre bataille, car les Anglais ne rendaient pas les corps des miliciens, seulement ceux des officiers.

L'hiver s'installa sur le pays. Thérèse meublait l'attente du printemps en se consacrant aux dévotions. Elle priait tous les jours à l'église et, pour plus de précaution, elle recommença à faire des offrandes aux dieux ancestraux.

Les grands froids arrivèrent, avec la tourmente et les tempêtes, le temps se figea. Heureusement, Noël approchait, qui réchaufferait les cœurs au milieu de l'âpre saison.

Ce matin du 24 décembre, une neige épaisse recouvrait le village. Au lieu d'entendre les confessions dans l'église, comme il aurait dû le faire, Joachim s'exerçait à lancer des poignards sur le mur de la redoute. Il ratait souvent la cible. Revêtu du bonnet et du capot bleu de la milice, il portait des mocassins et s'était ceint la taille avec la large ceinture fléchée des coureurs de bois. Il distingua mal le contour d'une femme que flagellaient des tourbillons de neige et qui approchait de lui à pas lents. La peau de l'ours de Marie l'Escofiante recouvrait les épaules d'Anne. Elle répondit d'un petit signe de tête au sourire de Joachim. Guérie du mal étrange qui la faisait entrevoir l'au-delà, elle restait pourtant perdue dans ses pensées.

Joachim lança une dernière lame, qui se perdit dans la neige, récupéra ses poignards et s'apprêta à viser de nouveau. Anne les lui enleva des mains. Elle laissa tomber son lourd manteau et lança les couteaux d'un mouvement sec du poignet, sans rater une seule fois la cible. Puis elle arma un pistolet de Joachim et fit feu avec résolution. La détonation sembla l'apaiser.

— Que faites-vous avec ces armes, Joachim?

— Elles ne me quittent plus. Je rendrai coup pour coup. Je veux mourir de belle mort. Mais avant, il faut que je retrouve mon adresse.

Anne lui sourit tristement en lui effleurant la joue.

— Joachim...

— Oui, Anne?

Trop émue, elle ramassa son manteau et voulut partir.

— Non, oubliez!

Joachim la retint, glissa les mains sous le manteau et passa ses bras autour de la taille d'Anne. Troublée, elle le regardait pourtant droit dans les yeux. Il la serra contre lui.

— Que vouliez-vous me dire?

Elle prit une profonde respiration avant de lâcher:

— Au pardon de Dieu, voulez-vous être mon amant, en dehors de toute loi civile et canonique?

Joachim l'étreignit plus étroitement encore. Des larmes roulèrent sur ses joues comme il en coulait sur celles de la femme. Anne posa son visage sur l'épaule du prêtre. Leurs corps, enveloppés dans le même manteau, se moulèrent l'un sur l'autre jusqu'à se confondre. Joachim murmura: «Oui, au pardon de Dieu!»

Leurs lèvres s'abreuvèrent du souffle de l'autre. Leurs yeux mouillés caressaient leurs joues. La nuque soutenue par les mains désirables de l'amant, Anne abandonna son âme à l'ivresse de l'échange amoureux.

Soudain, le carillon sonna à toute volée. Un groupe de femmes surgit de l'auberge en criant. Elles entourèrent Lucienne qui sortait de l'église et retrouvait l'entrain de ses jeunes années pour tonner: «Ils reviennent!»

Des miliciens revêtus de mitasses et du capot bleu réglementaire approchaient du village. Les hommes! Accueillis par des vivats joyeux, ils se mirent à courir en dépit de leurs raquettes encombrées de neige et de leurs bagages alourdis de glace. Les femmes les rejoignirent sur la place du village. Seules les veuves restaient à l'écart, encore que les moins tristes se mêlaient au groupe.

Anne et Joachim marchaient en silence vers la maison du prêtre, sans trop s'occuper du tumulte, déjà dans un autre monde. Sautillant sur ses vieilles jambes, Lucienne accourut vers le prêtre et dit, d'une voix excitée: «Dieu nous laissera vivre un beau Noël!»

Un groupe de jeunes filles qui faisaient la farandole encerclèrent Anne et Joachim, comme si la fête était pour eux. Personne, pourtant, ne se rendait compte de ce qui se tramait entre ces deux-là. L'allégresse provoquée par le retour des miliciens avait tissé un voile de noce derrière lequel le visage de cet amour devenait invisible. Après la messe de minuit, personne ne remarqua qu'Anne et Joachim se retiraient discrètement dans la petite maison du prêtre.

Malgré le froid, la nuit était chaude. Un immense feu de joie brûlait sur la place, entouré de danses et de rires crépitants. Les lueurs du brasier filtraient dans la pièce où Anne et Joachim s'étreignaient, tendrement unis. Dans le petit lit recouvert de la peau d'ours, ils se sentaient comme deux enfants, insouciants et innocents.

— Où étais-tu Anne? Dans quel monde mystérieux? Depuis l'été, j'ai cherché à t'y rejoindre, sans y parvenir.

— Pourtant, tu étais là avec ton amour! Je te voyais, mais toi, tu ne me voyais pas.

— C'était le monde des morts?

— Montre-moi tes blessures. Voilà, je les touche, elles sont profondes. J'étais au fond de cette blessure, juste ici. À la ligne entre la vie et la mort. Entre les deux mondes. Maintenant je sais... La souffrance m'a appris.

— La souffrance? Qu'est-ce qu'elle t'a enseigné?

— Ce qu'est l'amour!

Ils s'enlacèrent plus étroitement et s'embrassèrent. Une brusque rafale de vent fit gronder le feu dans le poêle. Anne dit:

— Je perçois mieux ton âme maintenant!

— Qu'est-ce que tu y vois?

— L'ange de l'amour et l'ange des batailles vivant côte à côte dans le même être.

— L'un pour t'aimer, l'autre pour te défendre!

— Il me faut les deux!

— Alors, prends mon âme entière!

Puis il n'y eut plus dans la pénombre que le murmure de l'amour, le froissement des draps et le frottement des lèvres, de tendres mots de réconfort. Soudain, un hurlement hallucinant fit vibrer les carreaux. Un squelette à tête de loup apparut à la fenêtre, et s'évanouit aussitôt. Dehors, la fête se tut. Mais n'ayant rien vu, les gens oublièrent vite le cri, se remirent à parler, à rire. Toujours saisie d'effroi, Anne gardait les yeux fixés sur les carreaux.

— C'est lui, le naufrageur des âmes! La guerre se rapproche à nouveau.

Impressionné, Joachim enveloppa Anne de ses bras, pour lui faire un rempart contre le monde hostile des ténèbres.

— Là d'où tu reviens, ils ne veulent pas de notre amour. Cet amour, nous l'avons arraché à l'enfer!

Les hommes du village n'étaient restés que le temps d'une tempête de neige. Y compris le jeune maître d'école qui était venu prier sur la tombe de Marie l'Escofiante. Le forgeron était du nombre des miliciens qui reprenaient du service et quand Aurélie lui dit adieu, plus que jamais elle craignit de ne plus le revoir. Mais en même temps, ce départ lui paraissait toujours souhaitable. En effet, elle tenait à cacher à son époux sa grossesse résultant d'un viol. Elle avait demandé à Thérèse d'envoyer son bébé chez les anges, toutefois l'avortement n'avait pas réussi. Elle avait perdu du sang, mais l'embryon était resté accroché, tel le lierre à la falaise. Thérèse lui avait dit de lui apporter l'enfant dès sa naissance. Selon le désir d'Aurélie, l'Indienne le donnerait ou le noierait. Le forgeron n'en saurait jamais rien. Mais Lucienne, consultée, croyait qu'il ne fallait rien celer de ces violences. Sinon comment partager l'accablement? Un implacable silence enchaînait la honte au destin des femmes. Une amie d'Isabelle, Esther, la dentellière, enceinte elle aussi depuis l'attaque du convoi, n'avait demandé aucun secours. Elle s'était servie d'une broche recourbée pour décrocher elle-même l'avorton. Ses sœurs l'avaient retrouvée morte au bout de son sang.

Le malheur rôdait comme un loup à Yamachiche.

C'était en ces temps troubles que Joachim revivait une sorte de bonheur sacrilège. Il ne dérogeait point aux obligations du sacerdoce, respectait les heures des prières, vêpres et matines, mais après la messe du matin, il mettait ses raquettes algonquines et reprenait le sentier battu dans la neige jusqu'au manoir.

Il coupait des arbres, sciait des billots, fendait le bois, chauffait la demeure, soignait les bêtes, fabriquait des outils, bénissait et rompait le pain, faisait l'amour… comme un mari.

Quels hommes auraient pu le jalouser? Il était le seul du village.

Comme le général Lévis profitait de l'hiver pour reconstituer ses armées, Anne reprit son rôle d'intendance. Il fallait pour le mois de mars ravitailler les troupes qui iraient assiéger Québec. Toutes les paroisses devaient participer à l'effort suprême, mais la ruine précédait la ruine. La monnaie, des cartes à jouer signées par le gouverneur, venait d'être dévaluée. Les farines, au contraire, étaient hors de prix. On mangeait maintenant de la sagamité, de la citrouille séchée et un curieux tubercule au goût fade qu'on nommait patate. Malgré tout, le pays conservait encore assez de force pour se battre.

Au troisième jour du carême, Joachim et Anne s'éloignèrent du manoir de Yamachiche en tirant une traîne sauvage remplie de malles et d'effets divers. La neige tombait, légère. Thérèse Nescambouït vint à leur rencontre, harnachée elle aussi à une lourde charge. Quinze femmes suivaient derrière, habillées de fourrures et halant à l'indienne, avec la sangle au front, des traîneaux plus robustes. Il restait bien quelques chiens d'attelage mais aucun cheval, le dernier avait été donné à la cavalerie. La plupart iraient donc à pied. Aurélie manquait à cette troupe, elle qui d'ordinaire participait à toutes ces équipées. Sa grossesse arrivait à terme et, à chaque mouvement, elle sentait son dos se tendre ainsi qu'un arc. Ce bébé, elle se figurait qu'elle le projetterait dans le monde comme le canon crache le boulet. Elle ne savait plus si elle désirait la mort de cet enfant, mais elle aurait bien voulu qu'il fût né pour que Thérèse le portât dans les lignes ennemies. Aujourd'hui, c'était autre chose qu'on apportait aux Anglais: la brûlure du feu!

— Êtes-vous prête, Anne? demanda Thérèse.

— Oui!

— Nous aussi!

La veuve de Magoua s'adressa ensuite à Joachim, avec cette solennité qu'on utilise en un grand conseil, prenant toutes les autres à témoin. Lucienne, qui marchait mal dans la neige, était venue dans l'un des traîneaux pour entendre cette importante ambassade.

— C'est à toi que je parle, Joachim, déclara Thérèse. J'ai eu six enfants qui sont tous morts en bas âge. Magoua est parti les bercer dans le ciel. Maintenant, je suis seule, mais eux habitent dans mes rêves. Aussi, je dois vous dire: Magoua On Do a été laissé sans sépulture, son corps exposé aux outrages. Si je pars avec vous, c'est pour ramener ses restes comme il le faisait avec les restes des autres.

— Comment sais-tu qu'il est sans sépulture?

Thérèse désigna Lucienne, demeurée à l'écart. Joachim savait que ç'aurait été offenser gravement son ami que d'ignorer l'appel transmis par la bouche de sa veuve. Y répondre était plus important que sa propre vie. Il dit:

— Viens, Thérèse. Nous irons chercher ses os et les ramènerons dans notre cimetière, au milieu des siens. Quant aux Anglais, qu'ils emportent leurs morts, sinon je les donnerai aux chiens.

Pâques avait fait exploser le printemps. Le fleuve s'était défait de ses glaces pour laisser flotter un peuple en armes qui avait déferlé vers Québec sur des centaines d'embarcations légères. Une petite escadre, restée tout l'hiver englacée dans le port de Montréal, avait descendu elle aussi le cours des eaux, menée par la *Pomone* et l'*Atalante*, deux vaillantes frégates.

En ce matin d'avril, la bataille durait depuis deux heures. Joachim s'était joint aux troupes de la milice qui disputaient le terrain à l'ennemi, maison par maison. Plusieurs prêtres, surtout des séminaristes, avaient fait comme lui. Combattaient aussi des contingents de l'ouest, coureurs des bois à la couenne dure, toutes les troupes de la marine, les brigades du Guyenne, de La Reine, de La Sarre, du Languedoc, du Royal-Rousillon, le corps de cavalerie et une troupe de Hurons et d'Abénaquis rompus aux manœuvres des batailles rangées.

Décimé par la maladie et le froid, privé de secours par la faute des glaces, l'ennemi avait provoqué cette rencontre hors des murs, espérant éviter ainsi le siège de Québec. Au début, il escomptait dérouter les Français par la supériorité de son artillerie. Tant que la mêlée n'eut pas lieu, il dominait en effet par son feu, mais c'est au corps à corps, à l'arme blanche, que tout se décida. Par une charge furieuse, le régiment de La Reine provoqua la dislocation des rangs adverses. Les tambours français battaient le rappel pour profiter de l'avantage de cette dispersion des Anglais. La mêlée était terrible, la confusion totale.

Le champ de bataille était assez vaste pour que des cantinières s'y promènent et même des enfants curieux. Parfois, l'on voyait passer les religieuses de l'Hôtel-Dieu qui secouraient les blessés sans distinction de camp.

Anne et Thérèse ravitaillaient les combattants avec de la poudre prise dans les musettes des ennemis tués. Elles avaient rejoint des miliciens du village qui sabraient en compagnie de Joachim, mais les vagues de la bataille éparpillaient les groupes brisés par le ressac. C'est ainsi qu'Anne et Joachim se retrouvèrent avec des Béarnais, derrière des cadavres de chevaux. Un officier qui les vit s'embrasser s'exclama:

— Drôle de guerre, n'est-ce pas, mon père?

Joachim riait:

— Et pourquoi donc?

— Une femme à la guerre, ça se voit! Un curé à la guerre, ça se voit! Mais les deux à se bécoter sous la mitraille... Les Anglais n'y comprendront plus rien!

— Mais ça, répliqua Anne, ils vont le comprendre!

Elle mit son fusil en joue et fit une nouvelle veuve anglaise.

— Honneur à vous, madame. Bravo!

La matinée se passa en ces sortes de civilités qui ne paraissaient pas incongrues au milieu du carnage. À trois heures, Thérèse, Anne et Joachim, accroupis derrière un talus, rechargeaient encore leurs armes à vive allure et tiraient d'un feu nourri. Les balles sifflaient autour d'eux. Des nuages de poudre les entouraient. Un bruit de cornemuse couvrait les détonations et les cris de la bataille. Soudain la rumeur cessa jusqu'à s'éteindre. Un silence étrange s'imposa aux oreilles encore bourdonnantes. Le prêtre et les deux femmes se regardaient sans comprendre quand un capitaine aux longues moustaches sauta dans leur abri, un drapeau de la France à la main. Il grimpa sur le talus, agita son drapeau dans la fumée et hurla:

— Victouère! Victouère!

Des cris d'allégresse firent écho à sa voix, devinrent clameur. Le capitaine embrassa Thérèse, puis Joachim.

— Victouère! disait la clameur.

— Victouère! répondait Joachim.

Le cheval noir du diable apparut tout à coup, traversant le champ de bataille et vint tourner autour d'eux. Sublime apparition! Seuls les vieux soldats avaient déjà vu semblable chose. Le capitaine regardait, fasciné, le coursier en colère. La fusillade reprit alors. Tous se couchèrent en position de tirailleur, sauf le capitaine qui, resté debout, fut soudain frappé de plein fouet par la mitraille. Il rendit l'âme en criant:

— Victouère!

Le son de la cornemuse revint. Pour lui répondre, Anne entonna un chant de ralliement que les Français reprirent en chœur. À chaque endroit que se déroulait la bataille, d'un bout à l'autre de la plaine, les voix françaises s'unissaient dans un hymne fraternel qui liait leur destin. Joachim s'empara du drapeau du capitaine et, enthousiaste, se dressa à l'endroit même où celui-ci était tombé.

— Victouère!

Le cheval noir réapparut et, à l'instant même, Joachim fut touché par une balle.

Battus, les Anglais se réfugièrent derrière les murs de Québec, abandonnant aux Français leurs blessés dont beaucoup moururent du froid qui s'insinuait par les vêtements mouillés. Les bourgeons commençaient pourtant à éclore et le printemps avait fait fondre la neige en quelques jours à peine. Mais cette eau glaciale avait atteint les soldats qui cherchaient dans les replis de la terre une protection contre les balles mortelles.

Il faisait nuit. Dans les ruines d'une maison, Thérèse éclairait avec une chandelle Joachim sur qui Anne se penchait pour nettoyer la vilaine plaie qui déparait son épaule. Joachim souffrait assez pour se lamenter un peu. Anne le souffleta amicalement, il se tut. En souriant, elle lui appliqua un pansement qui le fit grimacer de douleur. Mais il serra les dents, supportant le mal avec patience. Anne se moqua gentiment:

— Victouère!

— Est-ce qu'on l'a eue, la victoire?

— Oui! Et si la vieille France nous envoie des secours, nous sommes sauvés. Avec des canons, nos armées peuvent reprendre Québec en deux jours. Les Anglais y meurent de froid et de faim. La maladie les accable. Il nous suffit d'un seul navire bien armé et la place tombe.

Anne et Thérèse aidèrent Joachim à se relever. Il arriva à marcher quoique avec peine. Les femmes le soutinrent et ils s'éloignèrent des ruines, à la recherche de quelque bivouac plus confortable. Anne lui caressa les cheveux.

— Je t'aime, milicien de la côte.

Les genoux de Joachim fléchirent, il fit un effort pour avancer dans la boue froide mêlée de sang. De place en place, les soldats amoncelaient les cadavres. Les religieuses parcouraient la plaine en tous sens pour récupérer les blessés. Au bout d'un champ, une fosse était creusée, vraisemblablement depuis l'automne, à l'issue de la dernière bataille avant la prise de Québec! Celle d'aujourd'hui avait eu lieu presque au même endroit.

Parmi les cadavres alignés au fond du trou, point d'Anglais! Que des miliciens, des Français, des Indiens! Thérèse descendit dans la fosse pour retrouver les restes de son mari, persuadée qu'il s'y trouvait. Elle le découvrit finalement sous deux autres corps qu'elle dut retourner après avoir brisé un fond de glace qui les soudait ensemble. Oubliant sa blessure, Joachim descendit avec Anne afin d'aider Thérèse à hisser la dépouille hors de la fosse. Magoua était nu, les détrousseurs de cadavres n'ayant rien laissé. Joachim le couvrit de son manteau. Anne lui lava le visage avec un vin coupé d'eau pure qu'elle portait dans son bagage. Conservé par le froid, le visage était resté beau, n'ayant souffert d'aucune corruption, ni morsure de bêtes ni noircissure. On pouvait l'embrasser, ce qu'ils firent tous les trois avant de l'installer sur un brancard. Malgré leur désir de continuer vers Québec avec les autres soldats réjouis de leur victoire et décidés à reprendre la ville, ils s'engagèrent sur le chemin du retour. En dépit des protestations d'Anne, Joachim se joignit à Thérèse pour traîner la charge, du pas lent de bœufs de trait.

Ils marchèrent ainsi une demi-lieue, toujours sous la pluie froide. Une bête amaigrie, couverte de blessures et tout à fait exsangue, vint se coucher devant eux. Ils reconnurent le chien de l'Eugène.

Anne tira de sa besace un morceau de pain dont elle nourrit la bête. Puis, comme pour lui rendre honneur, Joachim l'attela à sa place. Le saint-bernard traîna le corps de Magoua pendant deux jours entiers, puis Thérèse le remplaça. Elle ne voulait pas que la bête meure à son tour. Et de ce jour, le chien la suivit en tout lieu, il avait retrouvé un maître.

La Nouvelle-France venait d'accomplir l'effort ultime. De l'Arkansas, du Missouri, du Ouisconsin, des soldats arrivaient, tant métis que français. En Louisiane, les Chirokis menaient la bataille pour l'alliance des nations et triomphaient en cette partie de l'Amérique. La république paonise se mobilisait elle aussi, tout comme une partie de la malheureuse nation Delaware chassée de ses terres du rivage atlantique depuis cent cinquante ans.

Ce concours militaire ne porterait fruit que si Québec était reprise. Une armée anglo-américaine avait traversé l'Iroquoisie et pénétrait les marches du gouvernement de Montréal. Le dessein du général Lévis et du gouverneur Vaudreuil était d'opposer à cette armée toutes les forces de la Nouvelle-France, une fois le front de l'est, c'est-à-dire Québec, dégagé.

Mais pour enlever la ville, il fallait un secours de la France, car l'on manquait de poudre et de tout le matériel pour un siège. L'on attendrait donc, pour donner l'assaut, que débute la saison de la navigation. Au point où en étaient rendus les Anglais assiégés, il suffisait aux troupes françaises d'un seul navire de ravitaillement pour que la place se rende. Les yeux restaient rivés vers l'aval du fleuve, chargés d'espoir.

En amont, Joachim remplissait la promesse faite à un combattant. En arrivant à Yamachiche, il ouvrit une fosse dans la terre à présent dégelée. Il prononça ensuite le service funèbre et, après avoir posé sa main sur le front de Magoua, signifiant aux morts que celui-là était son ami, il l'enterra revêtu du somptueux costume galonné d'or et enrubanné de satin donné par Louis XIV à son père. Il lui remit son épée à la garde sertie de pierres précieuses pour que dans l'autre monde les guerriers le reconnaissent comme le meilleur d'entre eux.

Après l'enterrement, Joachim se mit en prières, retrouvant l'exaltation de ses années de noviciat. Il célébrait toutes les liturgies propres à faire incliner Dieu en faveur du camp français. L'église s'emplissait tous les jours. Anne, au premier rang, invoquait Notre-Dame des Victoires. Des suppliques s'adressaient à Jeanne d'Arc et sainte Geneviève de Paris, d'autres à Jeanne Le Ber, la recluse qui avait déjà sauvé la patrie.

Et pour mettre toutes les chances de leur bord, Anne et Joachim allaient le soir chez Thérèse qui avait monté la tente tremblante où l'on invoquait les divinités indiennes.

La nuit venue, ils regagnaient le manoir où recommençait la plus grande prière connue, celle de l'amour. Dans le lit à baldaquin orné de guipures, Anne offrait la nudité de son corps qui ondulait en frémissements légers, puis convulsifs. L'étreinte les soudait, tels des fers sous le feu brûlant de la forge.

Elle lui dit un soir:

— N'est-ce point faire la guerre encore que de s'aimer autant en ces jours de destruction? Si la mort vient, portée par les tyrans, alors notre amour n'est-il pas acte de guerre?

— Peut-être, mais les Anglais l'ignorent toujours, sinon ils fusilleraient tous ceux qui s'aiment.

— Cela viendra...

Pouvait-elle mieux dire? Le lendemain, la Nouvelle-France perdait tout espoir. Son armée devant Québec rebroussait chemin tandis que les soldats anglais criaient d'allégresse en montant sur les remparts. Des salves de canon marquaient la joie de leur délivrance. Sur le fleuve, un navire répondait à leurs salves. Il battait pavillon britannique.

D'autres bâtiments, du même étendard, remontaient le fleuve. L'escadre française n'avait sans doute pu passer. Ne restait plus pour vaincre que l'amour d'Anne et Joachim.

Les oiseaux de printemps réapparaissaient, d'abord les corneilles, puis les hirondelles, mais la saison nouvelle n'exhalerait le parfum des fleurs qu'après que serait dissipée l'odeur des cadavres.

Puis vinrent les temps noirs.

Le tocsin d'alarme sonnait sans discontinuer. Sous le soleil ardent, la Yamachiche en crue charriait des arbres entiers arrachés à la rive. Joachim courut vers l'église, ralentissant parfois pour s'éponger le front. Il y arriva en même temps que plusieurs femmes parmi lesquelles se trouvait Anne. Dans le portique, Lucienne, accrochée à la grosse corde, montait et descendait, soulevée par les battements de la cloche.

— Que se passe-t-il? lança Joachim.

— La marine ennemie, répondit Lucienne en lâchant la corde. Là, sur le fleuve, à une lieue! Cent navires de guerre. Flûtes, goélettes, brigantins, frégates et vaisseaux de feux: toute la flotte d'Angleterre.

— Tu les as vus dans un songe?

— Non! riposta Thérèse Nescambouït, elle a raison: les Anglais sont là. Ils ont brûlé nos navires et contrôlent le Saint-Laurent.

Alors émergeant de la cohue, apparut le vieux courrier de l'évêque, couvert de bandages. Il avait trois balles dans le corps. Il n'en faisait pas cas. Il lui restait des jours à dépenser.

— Ils sont maîtres! dit le vieux marin.

Le vieillard arrivait de Trois-Rivières. À peine avait-il mis la voile qu'il avait été pris en chasse par trois chaloupes armées. En leur échappant, il avait pu voir de loin l'imposante formation maritime qui naviguait sans encombre.

Sur la rive, une armée française suivait sa progression, prête à attaquer l'Anglais sitôt qu'il accosterait. Mais les forces n'étaient plus en proportion. Il s'agissait de la plus formidable escadre qui eût jamais paru en Amérique, et les autorités civiles et militaires de la Nouvelle-France avaient pris leurs dispositions en conséquence: on se repliait vers Montréal.

Joachim amena le marin chez lui pour lui permettre de se restaurer. Il repartit le lendemain en direction de Trois-Rivières avec quelques lettres. Massées sur la rive, les femmes observaient dans le lointain la fumée des villages qui brûlaient de chaque côté du fleuve. L'ennemi dévastait le pays. Toute la journée, des cavaliers traversèrent Yamachiche, portant des ordres pour les troupes de Montréal.

Le jour suivant, sans doute la plus chaude journée d'été, ce fut toute l'armée française en déroute qui passa dans le village. La panique et la désolation, compagnes de la défaite, régnaient sur les esprits. Quelques femmes se précipitaient en pleurant lorsqu'elles reconnaissaient leur mari. Des officiers durent rappeler à leurs hommes les mesures prises contre la désertion. Les femmes suivaient alors la troupe, marchant avec ceux de Yamachiche. Près de la redoute, Anne et Joachim regardaient défiler le lent cortège des débris de leur armée.

— Il suffisait de trois navires français, soupira Joachim. Il en est venu trois cents... anglais.

— La Nouvelle-France est vaincue, dit Anne.

— Et la vieille France ferme les yeux.

Monté sur un cheval tout maigre, un général couvert de poussière s'arrêta devant Joachim. C'était le général Lévis.

— Pardonnez-nous, mon père, de retraiter ainsi.

— Vous ne portez aucun tort. Cette guerre a été sans merci. Le courage n'a pas manqué!

Le général opina de la tête en regardant Anne et Joachim avec tristesse. Il les salua de son chapeau avant de remettre son cheval en marche. La bête s'éloigna d'un pas fatigué.

— On ne dirait pas un général, dit Anne, quelle contristation sur son visage!

— L'ange des batailles est mort en lui. On lui a volé son âme et sa défaite est celle de tout un peuple.

Un jeune capitaine, qui marchait à l'aide d'une béquille, les aborda.

— Faites évacuer le village, mon père. À mesure que les ennemis avancent, ils dévastent tout. Ils ont l'ordre de tout détruire... même les plus beaux joyaux.

Il considéra un moment la seigneuresse, puis il reprit son chemin. Une charrette de blessés attira l'attention de Joachim qui s'en approcha et la fit arrêter. La Bruguière, le visage et les mains brûlés, accomplissait son dernier voyage au milieu des moribonds. Il reconnut Joachim.

— Ils sont les maîtres. Nous n'avons plus de séminaire, ils y logent leurs chevaux... Leurs chevaux! Ah, ah!

— Pourquoi riez-vous? Où est notre évêque?

— Mort!

Joachim eut l'air catastrophé. Un sourire sardonique apparut sur le visage de La Bruguière.

— Dieu nous punit. La Nouvelle-France a péché. Dieu nous abandonne. Il faut accepter le joug.

Joachim faisait des signes de dénégation.

— Soumettez-vous, Joachim, pour éviter le pire.

— Me soumettre à qui? À Dieu?

— À Dieu et au Roi d'Angleterre, son joug est notre salut. La Bruguière, halluciné, se redressa dans la charrette:

— Soumettez-vous!... Soumettez-vous!...

Devant le désarroi de Joachim, Anne ordonna au charretier d'avancer:

— Celui-là, on n'en veut pas dans notre cimetière. Qu'il aille mourir plus loin!

— Pauvre homme, protesta le charretier. Il mourra ben où il pourra...

Médusé, Joachim laissa partir son ami, puis agrippa le bras d'Anne. Ce ne fut pas le sort de son ami qui l'affligea tout à coup, mais une pensée sinistre qui l'envahit comme le pus noir, un corps gangrené.

— La Bruguière a convié la mort pour nous et je dois partir pour l'éloigner de toi.

— Qu'est-ce que tu dis? Tu es fou!

— Tu ne comprends pas? Sa soumission, c'est au diable qu'il l'a faite. Il veut nous emmener avec lui en enfer. C'est la vision que j'ai eue à Détroit. À présent, la mort nous cherche!

— La mort?

Il ne répondit pas, s'étant mis à courir. Des boulets creux explosèrent tout près. Joachim disparut au milieu de la fumée, murmurant des phrases incompréhensibles. Anne crut que la douleur de voir son ami mourant avait affecté son esprit. Mais, avant de sortir du village, il chercha des yeux la grande ombre de la Camarde qu'il venait d'apercevoir derrière La Bruguière. Elle fauchait les derniers épis d'hommes et de femmes qui vivaient en ces lieux, et le naufrageur des âmes qui l'accompagnait glanait les morts dans son grand panier.

Joachim ferma les yeux puis les ouvrit: l'image morbide s'était évanouie. Mais le chien de l'Eugène aboyait encore après un rôdeur invisible pour les autres. Joachim appela la bête et ils se mirent en compagnonnage. Il projetait d'abattre cette hydre, sans savoir comment s'y prendre.

Très tard, ce soir-là, des femmes de Yamachiche préparaient leur fuite. L'ennemi approchait. Tandis que retentissaient déjà des coups de feu, elles continuaient d'enfourner dans de grands sacs de toile tout ce qu'elles pouvaient trouver. Anne entra en courant.

— Dépêchez-vous! Ce n'est plus le temps des distractions!

Lucienne, la voyante, et Thérèse Nescambouït jouaient calmement aux cartes.

— Atout! lança Thérèse qui portait son costume d'apparat.

— Et notre bon père, défend-il son église? demanda Lucienne, un brin ironique.

— Il est parti... répondit Aurélie.

— C'est vite dit! protesta Anne. Personne ne sait où il est. Peut-être qu'il se bat.

— Peut-être qu'il est mort.

Cette remarque de Lucienne inquiéta Anne.

— Que dites-vous?

— Ils tuent les prêtres, répondit Lucienne en jouant une carte.

Désemparée, Anne s'assit en cachant son visage dans ses mains. Aurélie tenta de la secouer. C'était pourtant elle qui avait besoin de soutien, elle qui traînait partout ce poupon qui ne cessait de réclamer son lait. La forgeronne avait décidé de le garder, désarmée par son innocence, mais il devenait une croix qu'elle portait avec douleur. Elle craignait surtout que le diable ne parle un jour par la bouche de ce bâtard anglais.

— Voyons, il faut donner l'exemple! dit-elle à la seigneuresse.

Anne lui fit signe de ne pas insister. Aurélie, qui avait mieux à faire, aida les autres femmes à ramasser les provisions. Lucienne risqua un autre commentaire.

— Le cheval du Malin est encore là. On l'a vu partout... Il est venu dans l'église sans aucune peur de Dieu... En tout cas, ça sent l'Anglais!

Thérèse dit:

— Atout.

Puis elle ramassa une levée et jeta une autre carte qui surprit Lucienne.

— Je vois un voyage! Un long voyage! Quelqu'un nous attend...

Elle resta vague à dessein puis, soucieuse, jeta un coup d'œil sur les vêtements de Thérèse et se rendit compte qu'elle se préparait à la mort.

— Pourquoi as-tu mis ta robe indienne?

— Par les temps qui courent, on sait jamais quand on va mourir ni qui va nous enterrer.

— Païenne! Tu sais bien que les chrétiens n'emportent rien dans l'au-delà.

— C'est parce qu'ils ne croient pas assez à l'au-delà... Atout!

Lucienne devint blême, laissa tomber ses cartes et fixa Anne avec angoisse.

— Sortez vite!

— Pourquoi?

— Le feu!

Des flammes apparurent à la fenêtre, montant le long du mur, une odeur de goudron trahissait l'œuvre d'incendiaires. La chaleur fit éclater les vitres et presque aussitôt le feu se répandit à l'intérieur, accéléré par des torches goudronnées que lançaient des ombres silencieuses. Un appel d'air provoqué par le bris des fenêtres transforma en quelques instants l'auberge en un brasier ardent. La combustion fulgurante obligeait à se couvrir les yeux et le visage, le lueur aveuglait, la fumée asphyxiait déjà. Les femmes pressaient Anne et Aurélie de se diriger vers une porte à l'arrière, qui semblait épargnée.

— Cachez-vous des Anglais, conseilla Lucienne. Ils brûlent, ils violent, ils tuent.

Puis elle reprit ses cartes en main et se remit à jouer avec l'Indienne. Aurélie voulut retourner les chercher, mais les flammes l'en empêchèrent.

— Mais que faites-vous? cria-t-elle à travers le rideau de feu. Sauvez-vous!

— Si on change nos habitudes, répondit Lucienne imperturbable, les Anglais auront toujours le dernier mot. J'aime mieux l'éternité à jouer aux cartes que l'esclavage d'une autre nation.

Thérèse, d'accord avec elle, jeta une nouvelle carte sur la table et conclut:

— Pour une fois que j'ai de l'atout!

Une fois seules, Lucienne et Thérèse continuèrent leur partie, comme si de rien n'était. Les cartes brûlèrent dans leurs mains sans qu'elles abandonnent le jeu. C'est sans peur, sans plaintes, qu'elles quittèrent ce monde indigne d'elles, emportant l'avenir dans leurs cartes, en un lieu secret préservé de la corruption et de la trahison. Un avenir qui resurgirait tout à coup, car resté pur par les soins de Lucienne et d'une Indienne en costume d'apparat.

Il faisait nuit. Le cabaret de Lucienne, devenu brasier, éclairait le ciel. Joachim n'était pas si loin et il vit Anne passer au milieu des soldats ivres qui cherchèrent à l'attraper par un pan de sa robe. Elle traversa le cimetière en courant, poursuivie par un Habit rouge qui la rejoindrait vite. Le soldat ne la rejoignit jamais, car Joachim bondit de derrière une pierre tombale et enfonça un poignard dans le ventre de l'ennemi! Anne se perdit dans la nuit, sans savoir que son amant venait de la secourir.

Au milieu du village, un officier ressemblant à un loup hurlait ses commandements d'une voix rauque.

— *Burn, burn down the village!*

Caché derrière une stèle, Joachim regardait les soldats incendier tout ce qui était œuvre humaine. Deux hommes lancèrent de la résine sur la maison du prêtre et y boutèrent le feu. Joachim pensa alors aux hosties dans le tabernacle de l'église. Il fallait sauver les saintes espèces.

Le souvenir lui revint de cette vision qu'il avait eue à Détroit. Il n'avait vu que les premiers cercles de l'enfer. À présent, il était sûrement arrivé au dernier cercle. Comme il contournait sa maison en flammes, la chaleur l'obligea à détourner le visage.

À l'intérieur de l'église, deux soldats avaient déposé leurs seaux de résine et, accoudés à l'autel, buvaient à pleine cruche le vin de messe. Le plus grand ouvrit le tabernacle et prit le ciboire rempli d'hosties consacrées.

L'autre dit en riant:

— *Come on Jack! Fuck the Christ!*

— *You are crazy, Little Tom?* fit le soldat en ricanant.

Little Tom baissa le pantalon de son comparse et voulut lui bourrer le cul d'hosties. À moitié saoul, Jack eut soudainement peur et se débattit. Little Tom lui lança les hosties au visage et pissa dans le ciboire devant la lampe du sanctuaire restée allumée.

Joachim entra dans l'église. À sa vue, les deux Anglais coururent à leur fusil. Mais, avec un grincement, l'énorme statue de sainte Anne bascula et s'écrasa sur eux. Little Tom, qui n'était que blessé, se releva. Joachim l'acheva d'un coup de pistolet et se précipita pour ramasser les hosties, mais n'en eut pas le temps.

L'officier au visage de loup se rua dans l'église, suivi de ses hommes. Son œil furieux accrocha une seconde le regard de Joachim qui s'enfuit par la sacristie pour échapper à la salve qui crépita derrière lui. En apercevant ses deux soldats morts et couverts d'hosties, l'homme-loup hurla de douleur. Il cracha sur le pain consacré et, de sa propre main, mit le feu à l'église.

Un autre soldat périt peu après, victime de ses scrupules. Sans se soucier du début d'incendie, il s'attarda pour prier. Il contemplait la dépouille de sainte Eutykenne, que les flammes commençaient à envelopper, quand elle ouvrit alors les yeux et le regarda fixement. L'expression angélique de la sainte toucha l'âme du rude soudard qui mourut agenouillé devant elle.

Non loin du village, quelques femmes aussi terrorisées que leurs enfants se pressaient autour d'Anne. Terrées dans les buissons en bordure du chemin du Roi, elles ne savaient pas où fuir et priaient pour que l'obscurité les protège. Sur la route passèrent au grand galop des cavaliers brandissant des torches enflammées. Derrière une petite élévation, là où se trouvait le village, la lueur d'un immense brasier éclairait des fantassins qui marchaient vers le talus. Soudain, des coups de feu retentirent, une femme et des enfants furent touchés. Se guidant au son de leurs plaintes, un Habit rouge s'approcha, baïonnette au canon. Surgi de nulle part, Joachim terrassa l'Anglais et lui trancha la gorge. Son regard croisa celui d'Anne, puis il disparut dans la nuit. Plus loin, il entrevit le chien de l'Eugène qui, tel un fauve, traversait les décombres avec un soldat dans sa gueule et traînait dans un bruit infernal les débris de sa voiturette.

Nuit noire et rouge, longue nuit! On aurait dit qu'elle durerait des centaines d'années... Pourtant, le matin vint!

Un soleil rose éclaira le village qui n'était plus que ruines. Les Anglais l'avaient quitté, poursuivant leur conquête vers Montréal. Anne et les villageoises se risquèrent à sortir de leurs cachettes. Parmi les cendres, des cadavres carbonisés confirmaient aux survivants la nécessité de la fuite. La vindicte anglaise marquait à jamais la mémoire.

Devant la boutique du cordonnier, on avait fusillé toute la nuit. Inquiets pour leur famille, des miliciens étaient restés après le passage de l'armée française. Sitôt pris, ceux-là étaient passés par les armes, car la plupart portaient encore leur uniforme. Les Anglais craignaient jusqu'aux vieillards. Suffisait d'être un homme pour être abattu!

Les habitants s'enfonçaient donc vers le nord, l'arrière-pays. Ils y resteraient le temps que la fureur se calme et que l'ennemi respecte les termes d'une capitulation qui devenait de plus en plus imminente.

Guidant un petit groupe de femmes et d'enfants sans refuge, Anne et Aurélie arrivèrent à une croisée de chemins. Le soleil était encore bas. Derrière elles grimpait une colonne de fumée, celle du manoir finissant de se consumer. Les enfants voyageaient dans une charrette à bœuf chargée de bagages empilés à la hâte et de la relique de sainte Eutykenne près de laquelle on avait couché le bébé d'Aurélie.

Le petit convoi s'immobilisa au milieu du carrefour. D'étranges épouvantails barraient la route: un alignement de pieux habillés de tuniques rouges et couronnés de scalps! Un long rire se fit entendre, semant la peur autant chez les femmes que chez les enfants!

Marian, la métisse, sortit de la forêt, le fusil à la main. Le grand-père centenaire la suivait, traînant un gros sac derrière lui.

— Anne de Yamachiche! clama Marian. Où allez-vous? Le pays est conquis jusqu'à sa source!

— Il faut bien marcher. Tout est brûlé, l'église, le manoir, notre village, tout, sur les deux rives du fleuve.

Avec émotion, Marian et le grand-père s'approchèrent de la sainte et firent le signe de croix. Ils félicitèrent les femmes d'avoir sauvé la relique.

— Elle s'est sauvée toute seule, répondit Aurélie. Nous l'avons trouvée dans les cendres de l'église... C'est une vraie sainte maintenant, à n'en pas douter! Son corps couvert de cire n'a même pas souffert, pourtant l'église a brûlé comme l'enfer. Elle reposait sur une grande pierre blanche qui brillait au milieu du noir des cendres.

— Au milieu du feu, il y avait un loup rouge qui hurlait, dit une enfant.

— Un loup rouge? s'esclaffa Marian. Regardez ce qu'on leur fait aux loups rouges.

Tandis que le grand-père riait de sa bouche édentée, la métisse indiqua les poteaux habillés des uniformes anglais. Elle lui demanda en abénaquis, de leur montrer sa chasse. Avec fierté, il tira de son sac une dizaine de chevelures. Puis il plongea à nouveau la main et dessaqua une tête qu'il brandit très haut. Devant le dégoût général, il éclata d'un rire enfantin. Marian rit encore plus fort.

— Il a bon œil, hein? Il manque jamais son coup.

Le vieillard remit dans le sac la tête et les chevelures, sauf trois qu'il garda pour Anne. Il lui dit dans sa langue:

— C'est justice de vous donner celles-là. Elles appartiennent à votre prêtre. Je les ai prises pour lui, car il ne lève pas les chevelures.

— Joachim? Où est-il? s'enquit Anne, déchirée entre l'angoisse et la joie.

Marian répondit:

— Lui et le grand-père étaient ensemble. Ils ont passé la nuit à épouvanter l'ennemi.

Au grand-père, Anne demanda en abénaquis:

— Où est-il ton frère, à cette heure?

— Le maître des rats prie sur la montagne des rats, sous la tente des rats.

Anne prit son fusil dans la charrette, attacha les trois scalps à sa ceinture, s'approcha du Sagamo:

— Dis-moi où c'est, grand-père?

Sur un cap rocheux à moitié déboisé, Joachim fumait le calumet près d'un foyer qui grésillait à l'entrée d'un *matchegin* ouvert par le devant sur la vallée. Habillé à l'indienne, il avait revêtu les ornements du guerrier. Deux poteaux et une traverse soutenaient la toile en peaux de rats qui abritait le feu et son gardien. Malgré le déclin du jour, les têtes et les pattes des rongeurs restaient visibles et leurs dents brillaient dans la lueur des derniers rayons de soleil qui filtraient par les centaines d'interstices entre les coutures. Joachim remua la braise.

Un chant venu de nulle part accompagnait un brouillard qui s'avançait vers le feu. Joachim ferma les yeux. Il revit la rivière de brume, celle qu'avait traversée Marie l'Escofiante pour atteindre le royaume des morts. La jeune femme se tenait sur l'autre rive; apparurent près d'elle Magoua et Lucienne qui le regardaient, immobiles. Ils crièrent, mais aucun son ne brisa le silence épais.

Joachim ouvrit les yeux, la brume se dissipa. Il prit un tison pour rallumer son calumet. À cet instant précis, trois scalps atterrirent à ses pieds. Il ne sursauta pas, car il avait deviné la présence d'une femme. Anne s'assit à l'indienne.

— Je fuis la guerre. Tu fuis l'amour! Nous ne sommes plus nous-mêmes.

Joachim la regarda longuement, muet d'incrédulité. Puis il déploya une couverture au bout de ses bras en signe d'invite.

— Viens!

Anne se pressa contre lui, la couverture couvrit leurs épaules. Ils regardaient le feu qui les réchauffait, Joachim caressait les cheveux de sa compagne qui passa un bras autour de sa taille afin de se sentir encore plus près de lui.

— Te souviens-tu, Anne, de cette rate qui avait mangé l'hostie? Elle a fait des petits, ils se sont multipliés. On n'osait pas tuer ces animaux parce que la première de la lignée avait mangé la semence de Dieu. Mais ils devenaient embarrassants parce qu'ils ne craignaient pas d'entrer dans les cabanes et volaient la nourriture des familles. Puis un jour, ces bêtes se sont entredéchirées... comme les hommes... Et parce qu'il croyait ces bêtes sacrées, grand-père, le Sagamo, a érigé ce sanctuaire avec leurs peaux.

— Les hommes sont bien pires que les rats. Et leurs massacres autrement démoniaques. Mais ces animaux qui s'entredéchirent, ce pourrait être un avertissement à nos peuples attristés, qu'une destruction jamais vue nous menace.

— La vie est à recommencer... soupira Joachim. Mais moi, je suis comme ces rats... déchiré par un combat intérieur. Je ne suis pas digne de faire des enfants.

— Il le faut bien!

— Pourquoi?

— Parce que nous nous aimons! Et puis... je suis féconde. Un ange du ciel est venu me porter sa semence. Un ange qui parle aux esprits de la forêt. Il est venu comme un proscrit, mais ici il a trouvé sa vie. Je suis enceinte de lui.

Surpris et ému, Joachim lui caressa la joue. Elle approcha doucement ses lèvres, ils roulèrent sur la mousse et s'aimèrent dans le rougeoiement des braises.

Un grondement d'orage couvrit leurs serments d'amour. Autour et devant le *matchegin*, des feuilles volèrent au vent, des lucioles affolées s'attroupèrent pour se disperser aussitôt, un hibou déploya ses ailes tandis qu'un arbre craquait et frémissait. D'une pierre qui se fendit, jaillit un filet de sang bleu qui arrosa des fleurs lumineuses dans le rayon de lune. Un loup guettait à l'horizon pour Anne et Joachim qui pleuraient de joie. Ce fut l'extase puis le repos. Ils s'embrassèrent et, blottis l'un contre l'autre, restèrent là, les yeux fermés, à goûter la présence de l'aimé.

À l'aube, Anne et Joachim se mirent en route et marchèrent tout le jour pour rejoindre la mission des Abénaquis. Au soir, ils l'atteignirent. Ils y retrouvèrent Aurélie avec des femmes et des enfants, mais le village était à peu près déserté. Les Indiens s'abritaient dans la forêt. Plus encore que les Français, ils étaient exposés à la fureur vengeresse des Conquérants. Aurélie et sa bande décidaient de faire comme les Abénaquis. Elle dit adieu à Anne et Joachim qui s'installaient chez Marian, et partit en direction du septentrion à la recherche d'un autre refuge.

Marian et le grand-père demeuraient seuls à la mission où ils vivaient le doigt sur la gâchette et l'œil en alerte. Un gros saint-bernard montait la garde près de leur cabane. Anne reconnut le chien de l'Eugène. Joachim expliqua que l'animal errait sans but depuis la mort de Thérèse qui avait remplacé son maître. Il tournait autour des habitations, tirant des éclats de bois avec ses harnais déchirés, il faisait si grand-bruit que même Joachim en était effrayé. Mais il lui avait parlé et l'avait débarrassée de ses traits. La bête lui obéissait depuis.

— C'est une bête sensible et bonne, brave surtout. Elle en a croqué des Anglais!

Le grand-père jugeait que le saint-bernard méritait le rang d'homme. Le chien entra donc dans la maison de Marian en même temps qu'Anne et Joachim.

Couchées dans le même lit, Anne et Marian fumaient le calumet. Le poêle bien nourri réchauffait le ventre d'Anne. Souriantes, elles combattaient le sommeil, heureuses d'être réunies, malgré la dureté des circonstances. Après avoir réprimé plusieurs bâillements, elles finirent par s'endormir.

Sous le portrait de Louis XIV en armure, Joachim et le Sagamo vidaient une bouteille, assis sur des barils de poudre. Le saint-bernard veillait près d'eux, recueillant des caresses amicales. La fraîcheur s'installait, Joachim souffla délicatement dans les cendres pour raviver la braise. Le feu reprit sa force. Il alluma sa pipe d'une brindille enflammée. Tout à coup énervé, le chien se leva en grondant au point de réveiller les deux femmes. Il jappait vers la porte, cherchait à sortir. Puis il hurla brièvement avant de pleurer comme un petit chiot, sous le regard attendri de ses nouveaux maîtres.

— Mais qu'est-ce qu'il y a dehors? se demandait Joachim.

Pourtant, la nuit était apaisante. Éclairées par la lune, de fines vapeurs montaient du sol. La porte s'ouvrit. Le chien se précipita dehors et tourna sur lui-même. Les humains sortirent derrière lui. Flairant l'air, le grand-père dit à Joachim:

— Il a senti les fantômes qui rôdent. Depuis trois jours, ils viennent sans jamais se montrer.

— Oui, je sais. Ils disparaissent aussitôt qu'on les regarde.

Soudain, le chien s'arrêta, l'oreille dressée, s'élança vers un boisé en bordure de la rivière qui délimitait la mission. Dans sa course, des myriades de fugitives étincelles l'excitaient, qui surgissaient de partout, dansant au travers de petits feux d'amadou qui se consumaient en une fraction de seconde.

Soudain, l'arbre le plus grand, un cyprès aux branches étrangement tordues, s'enflamma de tout son long et illumina l'éclaircie où venaient d'arriver Joachim et les autres. Devant leurs yeux s'ouvrit le royaume des morts. Ils étaient tous là dans la sphère de lumière: l'Eugène, l'Ocle-l'Œil, Magoua, le sergent Lévesque, Thérèse Nescambouït, Lucienne, Amélie-Ange avec son filet de pêche, Isabelle avec sa vielle à roue, Nicholas berçant Ève et Marie l'Escofiante dans sa plus belle robe.

À cet instant précis le soleil jeta son premier rayon. Le grand-père dit:

— Pourquoi les appelles-tu, Joachim? Est-ce coutume d'appeler les morts?

— Les ai-je appelés? De quelle façon?

— Il y a bien des façons, dit Marian, peut-être as-tu soufflé sur des cendres?

Anne enchaîna:

— Les morts t'aiment bien, Joachim. Tu vois, ils se dérangent pour ce simple souffle qui contient toute l'immensité du néant. Il suffit qu'une lueur éclaire tes lèvres et voilà que ton regard devient l'astre qui illumine les âmes.

— Alors j'appellerai encore, murmura Joachim. Nous sommes le même arbre... le même arbre...

Et lentement les fantômes disparurent avec la dernière brume de la nuit. Anne prit Joachim par le bras. Il regardait la rivière à l'eau calme. C'était un moment empreint de sérénité. Un souffle léger du vent agitait les feuilles: ils entendaient la musique d'Isabelle, tel un adieu.

Brisant soudain la paix de l'aube, un canon tonna. Tout près d'eux, une immense gerbe d'eau s'éleva. D'autres explosions ébranlèrent le sol de la clairière. Sur la rive opposée, des Habits rouges se mirent à tirer sur eux, les forçant à se mettre à l'abri.

Après les avertissements de l'au-delà, c'était l'infatigable mort, à présent, qui leur apparaissait. La mort, en costume écarlate, qui prenait la figure d'une nation conquérante. Nourrie par l'ambition des hommes, leur désir de possession, la mort s'enflait jour après jour, tel le ventre d'un bourgeois gorgé de vin et de grasse nourriture. Et dans le pas de la grande Faucheuse marchait le commerçant. La sueur du marin, le labeur du paysan, la souffrance de l'Indien se transformeraient en espèces sonnantes prêtes à tomber dans la poche du plus meurtrier, du plus sanguinaire, du plus vorace.

Le grand-père retourna à la maison pour récupérer les armes. Le portrait de Louis XIV était tombé du mur, traversé par un boulet de canon. Marian, Anne et Joachim rejoignirent le vieillard et ils déchargèrent leurs mousquets sur la meute rouge qui traversait la rivière. Les canines au clair, le saint-bernard attendait ses Anglais sur la rive. Il en croqua deux avant d'être abattu. Cette courte résistance du chien permit à ses maîtres de fuir vers la forêt. Comme ils atteignaient l'abri des arbres, le cheval noir du diable apparut à nouveau et pénétra dans la bourgade en vainqueur. La bête maléfique défonça les portes et renversa la chapelle à coups de sabots. Les flammes sortaient de sa gueule. Derrière le cheval, les soldats mettaient le feu aux habitations ainsi qu'ils le faisaient partout maintenant.

Les fuyards s'arrêtèrent à l'orée du bois pour observer la destruction de la mission. Le grand-père qui avait continué sa course trouvait que les autres s'attardaient imprudemment. Il revint vers eux en songeant que c'était une belle journée pour mourir.

Joachim se rappela la légende racontée par Lucienne, on pouvait harnacher cette force obscure. Les vainqueurs avaient dompté le cheval du diable, la Mort aussi semblait leur obéir: ils régneraient désormais non seulement sur la Nouvelle-France, sur l'Amérique tout entière, mais également sur l'Univers, réduisant les hommes à la servitude coutumière que les siècles connaissaient depuis la nuit des temps, depuis Rome, depuis César, depuis la conquête des Gaules et de la Méditerranée. Liberté pour le vainqueur; usurpation, asservissement, dégradation pour le vaincu. Le diable écumait de bonheur, son cheval encourageait les soldats armés de torches à réduire en cendres l'espoir et la volonté de ceux qui résistaient.

Après que les soldats eurent continué leur route, le cheval caracolait encore dans le village en flammes.

Attendant ce moment, Joachim s'élança vers lui en hurlant de rage:

— Diable, je te tue!

Surpris, le cheval piaffa et tourna en rond. Il réagit si confusément que Joachim put le rejoindre et mettre la main sur sa crinière. La bête décampa, poursuivie par Joachim, Anne, Marian et le grand-père qui tout à coup se retrouvait de jeunes jambes. Ils couraient, couraient, presque aussi vite que le cheval effarouché qui se réfugia derrière une ligne anglaise à l'extérieur de la mission.

Tout se fit si vite que les soldats furent pris au dépourvu. Joachim et les siens traversèrent leurs rangs en les bousculant. À peine avaient-ils fait vingt pas, derrière le cheval au galop, que les Anglais déclenchaient un feu nourri. Le grand-père se retourna pour se moquer d'eux. Une mitraille abattit le Sagamo en même temps que Marian. Joachim vit Anne couverte de sang. Lui-même sentait le plomb se loger dans ses entrailles, ses poumons se déchirer. Anne, moins grièvement blessée, l'aidait à se tenir debout. Le grand-père se releva en lançant des cris effrayants qui firent reculer quelques ennemis. Et puis, chose étrange, les soldats rouges disparurent complètement.

Anne et Joachim continuèrent à marcher, s'épaulant l'un l'autre. Marian et le grand-père étaient à leurs côtés, mais ce n'était plus vraiment eux. Ils avaient changé. Pourquoi cette scintillante lumière qui auréolait Anne depuis quelque moment? Pourquoi le soleil devenait-il bleu?

Le grand-père était habillé de blanc. Joachim ne sentait plus ses blessures. Elles étaient disparues, comme celles d'Anne et de Marian. Où étaient-ils donc? Étaient-ils morts?

Le cheval repartit de plus belle. Il traversa une vallée calcinée où des pendus, tels des fruits au bout de branches, flottaient au vent. Il se reposa sous une potence. Joachim et les autres s'arrêtèrent, saisis d'horreur. Ils se rendaient compte qu'ils venaient de franchir une frontière qui ne se rouvrirait plus. Les portes de l'enfer que Joachim avait vues dans un délire ancien, elles étaient à présent derrière lui. Et de l'autre côté de ces portes, les soldats les attendaient pour les plonger définitivement dans le trépas. La peur les saisit un bref instant, toutes les ressources de l'intelligence leur devenaient inutiles, la raison, absurde. Il ne restait plus qu'à croire.

— Nous avons quitté le monde, dit Anne.

— Oui, répondit Joachim, nous avons franchi les portes de l'au-delà.

Le Sagamo était familier avec les songes, il reconnaissait des paysages de douleur parcourus par les guerriers dans leurs rêves encombrés de remords. Les guerres, parce qu'elles apportent trop de besogne aux puissances de l'au-delà, avaient engendré ce territoire incertain où s'égarent les mutilés et les souffrants retenus à la terre par un grand cri qui n'en finit plus. Toute la misère des hommes coulait dans un grand fleuve de larmes qui avait creusé son lit dans ce pays de damnation. Des membres sanguinolents étaient piqués aux arbres par de noires épées, et l'écho portait la plainte inextinguible des agonisants. Impossible de revenir en arrière, se disait le vieillard, il fallait traverser cette contrée rouge de sang. Marian, elle, se demandait s'il existait encore un monde pour eux.

Le soleil devint gris tandis que le cheval disparaissait dans un horizon imprécis. Les derniers mots des pendus gelaient aux branches des arbres pour n'être plus entendus que de ceux qui portaient la torche de par les villages en feu. Toute la douleur des hommes s'effaçait dans l'inexistant d'une deuxième mort, celle de la mémoire. Joachim et Anne croyaient avoir été engloutis dans ce marécage de l'oubli. Le néant semblait vouloir les envelopper.

— Il faut avancer, dit le grand-père, sinon nous allons disparaître.

— Où irons-nous? demanda Anne.

— Au-delà du temps, devina Marian.

Joachim approuva d'un signe de tête. Ils ignoraient tous la piste du rêve, sauf le grand-père qui connaissait le chemin pour sortir de la mort. Ils marchèrent avec lui sur un étroit sentier, longèrent un gouffre inquiétant. Le Sagamo cherchait à se souvenir de traces anciennes, entrevues lors de rites hallucinatoires. Après une longue route, ils gravirent un dernier escarpement. Ils n'eurent plus alors qu'à faire trois pas pour se retrouver transportés aux confins de l'Amérique. Joachim reconnut la vaste plaine du domaine sioux où il avait autrefois établi sa première mission. Le cheval du diable s'y trouvait, furieux d'avoir été poursuivi à travers les enfers et le monde des morts.

Joachim lança un cri de guerre propre à lui seul et connu de tous les guerriers qui avaient combattu avec lui en des temps anciens. Toutes les tribus sioux entendirent ce cri, ainsi que tous les peuples que le missionnaire avait aimés et côtoyés.

Fouetté par la voix de Joachim, le cheval diabolique se cabra et détala pour atteindre le flanc d'une colline couverte de marguerites. Essoufflé, il s'arrêta au bas de la pente, puis revint sur ses pas. Une ligne de guerriers sioux se dressait sur la crête et avait fait reculer l'étalon. Joachim s'approcha et lança une pierre. La bête affolée gravit alors la colline avec peine, trébuchant à trois reprises.

Parvenu au sommet, le cheval se retrouva en face d'un coureur venu des rangs des Sioux, qui sauta sur son dos, lui battit la croupe et l'obligea à s'agenouiller. C'était Alexis, le fils de l'Homme-étoile.

Anne, Marian, le Sagamo et Joachim vivaient l'émerveillement. Le temps d'un rêve, ils avaient franchi la même distance qu'Alexis en plusieurs mois de voyage.

— Alexis, maîtrise-le bien! cria Joachim.

— Sur l'heure, je suis son maître.

Anne et Joachim montèrent tranquillement rejoindre le cavalier et sa monture fantastique.

— Alexis, dit Joachim, tu es un libérateur, tu as vaincu le diable! Alexis, mon fils...

Le garçon fit cabrer son cheval. Alors, sortit de la forêt, de l'autre côté de la colline, la merveilleuse armée d'Alexis: une cohorte d'enfants, garçons et filles en guenilles, sans aucune arme mais porteurs de fanions et d'étendards multiples aux couleurs bleu et or. Des fleurs héraldiques ornaient chacune des banderoles que la multitude des enfants brandissait aussi haut que le permettaient les petits bras.

Joachim franchit les rangs des Sioux, accueillit les enfants avec tendresse, puis les embrassa. Au loin, d'autres tribus se mettaient en marche pour venir à leur rencontre. Une rumeur, un chant traversaient l'Amérique. Toutes conquêtes s'effaceraient un jour sous l'action de la mémoire. La renaissance des peuples opprimés s'annonçait universelle.

Joachim leur dit alors que la mort ne suffisait pas pour les vaincre. Qu'ils étaient la troupe inattendue du rêve et de l'espoir, celle qui ne se rendrait jamais. Et c'était dans ce monde du rêve que se livrait la dernière bataille, ce monde qu'ils avaient traversé et que la mort voulait envahir pour les rejoindre, il était leur dernier carré, leur dernier refuge.

Joachim prit le bras d'Anne, enceinte d'une nouvelle humanité, et descendit rejoindre le grand-père et Marian, suivi d'Alexis et de ses gens: les gardiens du rêve, les fils de la révolte. Car encore peuvent se dire ces mots dans la langue des Francs.

IMPRIMÉ AU CANADA